少年陰陽師

思いやれども行くかたもなし

結城光流

JN286467

14872

角川ビーンズ文庫

思いやれども行くかたもなし

少年陰陽師

登場人物紹介

彰子（あきこ）
左大臣道長の一の姫。強い霊力をもつ。わけあって、安倍家に半永久的に滞在中。

もっくん（物の怪）
昌浩の良き相棒。カワイイ顔して、口は悪いし態度もデカイ。窮地に陥ると本性を現す。

昌浩（安倍昌浩）
十四歳の半人前陰陽師。父は安倍吉昌、母は露樹。キライな言葉は「あの晴明の孫!?」。

六合（りくごう）
十二神将のひとり。
寡黙な木将。

紅蓮（ぐれん）
十二神将のひとり、騰蛇。『もっくん』に変化し昌浩につく。

じい様（安倍晴明）
大陰陽師。離魂の術で
二十代の姿をとることも。

朱雀（すざく）
十二神将のひとり。
天一の恋人。

天一（てんいつ）
十二神将のひとり。
愛称は天貴。

勾陣（こうちん）
十二神将のひとり。
紅蓮につぐ通力をもつ。

太陰（たいいん）
十二神将のひとり。風将。
口も気も強い。

玄武（げんぶ）
十二神将のひとり。
一見、冷静沈着な水将。

青龍（せいりゅう）
十二神将のひとり。
昔から紅蓮を敵視している。

太裳（たいじょう）
十二神将のひとり。穏やかな口調と風貌の持ち主。

白虎（びゃっこ）
十二神将のひとり。
精悍な風将。

風音（かざね）
道反大神の娘。以前は晴明を狙っていたが、今は昌浩達に協力。

藤原行成
（ふじわらのゆきなり）
右大弁と蔵人頭を兼ねる。
昌浩の加冠役。

安倍成親
（あべのなりちか）
昌浩の長兄。暦博士。

藤原敏次
（ふじわらのとしつぐ）
昌浩の先輩陰陽生。

イラスト／あさぎ桜

少年陰陽師

百鬼夜行《ひゃっきやぎょう》の蠢《うごめ》く場所は

都の夜は静かだ。

「なぁなぁ、久しぶりに隠《かく》れ鬼《おに》でもしようぜ」

「それもいいけど、高鬼《たかおに》とか鬼ごっこでもいいんじゃないのか」

「いっそ全部というのはどうだ」

「お、それがいいなっ」

ざわざわと、小路《こうじ》のすみで無数の雑鬼《ざつき》たちがにぎやかに騒《さわ》いでいる。

しかし、都の夜は静かだ。

彼らの姿は徒人《ただびと》の目には映らないし、彼らの声は徒人の耳には入らないからだ。

彼らの姿を見通す異能、見鬼《けんき》を持つ者もいるが、そういう人間はそもそも数が少ない。

だから、一般《いっぱん》的な都人《みやこびと》たちの感覚として、夜は静かなのだ。

「……ん？」

仲間たちとじゃれていた猿鬼《えんき》は、小路の向こう側をよたよた歩いている影《かげ》を見つけた。

いたちのようだ。いまにもくずおれそうな足取りで、重そうな首をうなだれながら、おぼつかない様子で進んでいる。

猿鬼は瞬《まばた》きをひとつした。

「ん〜？」

「どうした？」

一《ひと》つ鬼《き》がころころと足元に転がってきた。そのあとを、竜鬼《たつき》や盲蛇《もうじゃ》がついてくる。

細く長い爪《つめ》で頭をかりかりと掻《か》いて、猿鬼は眉間《みけん》にしわを寄せた。丸い目がきょろりと動く。

「うん、なんか……」

そうしている間に、いたちは路《みち》沿いにある邸《やしき》の塀《へい》に飛び上がると、そのまま敷地《しきち》内に姿を消した。

猿鬼はもう一度瞬きをした。竜鬼がその顔を覗《のぞ》き込むようにする。

「どうしたんだ？」

「うん……。いまのいたち……」

首に、何かが巻きついていたように見えた。

◆　　◆　　◆

参議の娘婿《むすめむこ》は、それなりに忙《いそが》しい。

もともとが下流貴族の端《はし》くれだったので、あまり目立つと叩《たた》かれる。しかし、仕事はしなければならないし、付き合いも無下《むげ》にはできない。

頭の固い上流貴族たちの中で、彼は常にそつのないように動き回らなければならないのだ。そして彼は、生来の闊達《かったつ》さと勘《かん》のよさで、誰も違和感《いわかん》を感じない程度にうまく立ち回っているのだった。

「……でもねぇ、やはりときどき疲《つか》れるんです、これが」

軽く息をつく暦博士《れきはかせ》安倍成親《あべのなりちか》に、右大弁藤原行成《うだいべんふじわらのゆきなり》は笑った。

「なるほどね。成親殿《どの》といえども、大内裏《だいだいり》の奥深くに蠢《うご》めく百鬼夜行《ひやっきやぎょう》は苦手ということか」

くつろいだ狩衣《かりぎぬ》姿の行成の言葉に、成親は苦笑《くしょう》した。

なるほど、百鬼夜行とは言い得《え》て妙《みょう》だ。

行成と成親は、身分の差はあるものの年が近いため、気の置けない友人のような付き合いを持っていた。

成親が参議の姫《ひめ》を娶《めと》ることになった際、いろいろとあったのである。そう、いろいろと。

この国の中枢《ちゅうすう》を担《にな》う特権階級である貴族は数少なく、その大半が藤原の姓《せい》を持つもので占《し》められている。成親は現在も安倍を名乗っているが、妻の家に入っているので藤原の一族に分類されるのだった。

安倍を名乗っているのは単純に、大多数の中のひとりになるのが癪《しゃく》だったからだ。それに、彼は安倍の血に誇《ほこ》りを持っていて、矜持《きょうじ》があった。

「……政《まつりごと》には黒いものがつきまとうものだ。あまり気が抜《ぬ》けないから、少し疲れるよ」

成親はおや、と訝《いぶか》った。苦笑めいた表情を浮《う》かべた行成が、珍《めずら》しく弱音を漏《も》らした。

「いかがなされた、行成殿」

「いや、ふとそう思っただけだよ。最近どうも、寝《ね》つきが悪いものでね」

疲れ過ぎて逆に休めなくなっているらしい、困ったものだ。

行成がそんな風につづけて息をついたとき、女房《にょうぼう》がひとり姿を見せた。

「殿、敏次《としつぐ》様がお見えにございます」

行成は嬉《うれ》しそうに笑った。

「ああ、通してくれ」

下がっていく女房を見送りながら、成親は首を傾《かたむ》けた。

「敏次というと……陰陽生《おんみょうせい》の」

「ああ」

頷《うなず》く行成に成親は笑《え》みを返す。

「彼はなかなか見所がありますね。努力家で勤勉で、あれはなかなか持ち得ない美徳だ」

「そういってもらえると嬉しいよ。ただ……」

行成は、ふいに眉《まゆ》を曇《くも》らせた。

藤原敏次は彼の縁者《えんじゃ》で、生まれた頃からよく知っている間柄《あいだがら》だ。年の離《はな》れた弟のようなものだった。

「行成殿？」

「きみのところの昌浩殿《まさひろどの》と、少々行き違《い》い《ちが》があるようでね……」

行き違いという表現はあくまでも比喩《ひゆ》である。聡《さと》い成親はそれを正確に読み取った。

そこに、女房に先導された敏次がやってきた。成親が訪邸していることをあらかじめ聞いていたのだろう、驚《おどろ》いた様子もなくきびきびとした所作で腰《こし》を下ろすと、丁寧《ていねい》に一礼してきた。

「お邪魔《じゃま》をしてしまって、申し訳ありません」

本心からそう思っているようだ。

成親は破顔して手を振《ふ》った。

「いや、邪魔などはしていないさ。行成殿とは他愛のない世間話をしていただけだ」

敏次がふいに顔を上げ、驚いた様子で目を瞠《みは》っている。成親は怪訝《けげん》そうにその視線を受けていたが、気づいてああ、と瞬きをした。

「身分から考えると恐《おそ》れ多い敬称《けいしょう》なのは承知しているんだが、何しろ当人が怒《おこ》るんだ、これが」

手にした扇《おうぎ》の先でさすと、行成は渋面《じゅうめん》を作った。

「丁寧なへりくだった物言いをされても、口先だけでは意味がないと思わないか」

「そういうことを言いますか。なら言わせてもらいますが、私とて当初は心の底からへりくだっていたんですよ」

当初は、と限定されるが。

ふたりの会話を聞いていた敏次が目を白黒させている。

「は、はぁ……」

彼にとって行成は敬愛する縁者で気持ちもほかの藤原氏より近しい。一方の成親は三十路《みそじ》を前に既《すで》に暦博士で尊敬の念を抱《いだ》いている。

ただ、そのふたりがこうも砕《くだ》けた調子で言葉を交《か》わす仲だったとは知らなかった。

参議の娘婿という立場を考えれば不思議はないのだが、どうにも違和感がぬぐえない。

「さて」

成親が機敏《きびん》な所作で立ち上がった。

「では、私はこれにて失礼いたします」

思案の淵《ふち》から立ち戻《もど》った敏次が慌《あわ》てて口を開く。

「成親様、私のことでしたらどうぞお構いなきよう。また日を改めてこちらに伺《うかが》いますので……」

腰を浮かせる敏次を制し、成親は朗《ほが》らかに笑った。

「いや、そういうわけではない。そろそろ帰邸しないといけない時刻だというだけの話だ」

それでは、と一礼して、成親は去っていく。その背を見送りながら敏次は、自分より三つ年下の直丁《じきちょう》のことを思い起こした。

あの成親の弟で、安倍晴明《せいめい》の孫だ。

生来見鬼を持たない敏次は、血のにじむような努力の末に、術を使えば何とか妖《あやかし》の姿形を捉《とら》えられるようになった。だが、徒人には見えない妖のほうが多いというから、氷山の一角しか見えていないに違いない。

成親や彼の弟である昌親《まさちか》は、名門安倍家の血を色濃《いろこ》く継《つ》いでいるためか、相当に強い見鬼だという。だが、彼らの弟である昌浩はというと、あまりそんなそぶりが見えない。

しかし、見鬼の才と霊力《れいりょく》は別物である。見えなくとも霊力が強大であれば、悪鬼《あっき》や異形《いぎょう》の調《ちょう》伏《ぶく》を行えるのだ。

そういう点ではやはり昌浩も恵《めぐ》まれているのだ。

「……最近は真面目《まじめ》に出仕《しゅっし》しているが、時々独り言を呟《つぶや》いていたりあらぬ方を見ていたりやたらに何かを払《はら》うような仕草をしていたりして、気もそぞろというか心ここにあらずというか、仕事に対する姿勢というものが……」

眉間《みけん》にしわを刻んでぶつぶつと口の中で呟いている敏次を眺《なが》めながら、行成は困ったように小さく息をついた。

あの敏次と末弟《まってい》の関係があまり良好ではないようだと、最初に気づいたのは昌親だった。指摘《してき》されてよくよく観察してみると、確かに昌浩に対する当たりが少々きついように感じられた。あとで聞いたら、それでも少し緩和《かんわ》されてきているのだというから、結構深刻なようだ。

「あれも隠密《おんみつ》行動してるからなぁ」

成親は牛車《ぎっしゃ》での移動をあまり好まない。自らの足で大地を踏《ふ》みしめて歩くのが好きなのだ。

邸《やしき》の門が見えた。成親の住む参議の邸は、東三条殿《ひがしさんじょうでん》には遠く及《およ》ばないもののそこそこの広さがある。敷地《しきち》を取り囲む築地塀《ついじべい》も成親より高く、背伸《せの》びをしても内部を覗《のぞ》くことはできない。塀《へい》の上に登れば別だが。

「そ、あんなふうにな」

築地塀の板葺《いたぶ》き屋根の上に、無数の雑鬼たちが並んで寝そべっているようだ。闇《やみ》に棲《す》まう妖が、非常識にも日向ぼっことしゃれこんでいるらしい。

安倍邸《てい》で暮らしていた頃《ころ》は敷地を取り囲む強靭《きょうじん》な結界《けっかい》があったため、雑鬼があんなふうに塀に登ってくるようなことは一度もなかった。彼らは基本的に一応無害なので放ってあるのだが、時々これでいいのかと思わなくもない。

「まぁ、害がないからなぁ」

雑鬼たちが寝そべっている塀沿いの路を、門に向かって成親はてくてくと進む。

その姿に気づいた舎人《とねり》たちが一礼してきた。門扉《もんぴ》を開いて主人を迎《むか》える。

「お帰りなさいませ」

「ああ、お疲れさん」

ひらりと手を振って門をくぐりぬける。気さくな成親は雑色《ぞうしき》や舎人たちに慕《した》われていた。

がらがらと輪《わ》の音が響《ひび》く。いままさに、車宿《くるまやど》りから一台の牛車が門に向かってくるところだった。来客だったようだ。

端《はし》に避《よ》けてそれをやりすごした成親は、ふと眉をひそめた。

うなじに、粟立《あわだ》つような感触《かんしょく》があった。思わずそこに手を当てる。通り過ぎる牛車を一瞥《いちべつ》すると、後方の簾《すだれ》が小さく揺《ゆ》れて、乗員の横顔が垣間見《かいまみ》えた。

「……あれは…」

◆　◆　◆

苦手なものはどうしたって苦手なのだが、苦手なままでは進歩がないから克服《こくふく》する努力は必要だ。

「たとえそれが実を結ばなくても、努力したという事実がまず大事で……」

拳《こぶし》を握《にぎ》り締めて力説する昌浩の足元で、物《もの》の怪《け》が半笑いを浮《う》かべていた。

「あー……まぁ、な……」

努力しなくなったら人間はおしまいだ。向上心と克己《こっき》心は常に手に手を取り合っていなければならないものなのだ。

だが、努力が常に結果を伴《ともな》うかというと、そういうわけでもない。

「そうだね。時間をかけて頑張《がんば》れば、大丈夫《だいじょうぶ》だよ、昌浩。努力しているのだし、していないよりは成果が得られるはずだから」

「……兄上、それ、あまりなぐさめになっていない気がします」

上目遣《うわめづか》いに次兄《じけい》を見上げて、昌浩は苦虫《にがむし》を噛《か》み潰《つぶ》してじっくりと味わったような顔をした。

昌浩は星見《ほしみ》が苦手だ。式占《ちょくせん》も苦手だ。作暦《さくれき》も苦手だ。では得意なものは何かというと、これと言い切れるものが実はない。陰陽師《おんみょうじ》として果たしてこれでよいものか。否《いな》、よくないはずだ。

「俺の頭は星見とか式占とかに向いてないのかーっ」

「そうかもな」

頭を抱《かか》える昌浩に、物の怪がしれっと言ってのける。白く長い尻尾《しっぽ》がひょんひょんと揺れて、遠くを見るように首を傾《かたむ》けた。

「お前は頭で考えるより行動したほうが早いっつー性情だからなぁ。でも、そんなことじゃ晴明に、まぁた遊ばれるぞぅ」

「おじい様、遊ぶんだ」

目をしばたたかせる昌親に、物の怪は視線を投げて頷《うなず》く。

「ああ。それはもう、楽しくて仕方がないといわんばかりに遊ぶ。これの反応がまた愉快《ゆかい》だからな、ああいうところは昔からひとが悪いんだ」

「なるほど」

思い当たる節が多々あるので、昌親は素直《すなお》に納得《なっとく》した。何せ逸話《いつわ》に事欠かない安倍晴明である。

そこに、敏次が通りかかった。

「あ、敏次殿。おはようございます」

気づいた昌浩が頭を下げると、敏次は足を止めた。

「ああ、おはよう。昌親様もおはようございます」

敏次は本日遅出《おそで》なので、昼を過ぎたいまになって出仕してきたのだ。

彼の手にしている布包みを何気なく見た昌浩は、ふいに胡乱《うろん》な顔になった。

「……敏次殿、それ、なんですか」

古い麻布《あさぬの》の包みは薄汚《うすよご》れていて、指を動かすとがさがさという音が内部でくぐもる。紙を包んでいるらしい。

内部から漂《ただよ》い出る負《ふ》の気を、その麻布が遮断《しゃだん》しているのだ。

敏次は驚《おどろ》いた様子で目を瞠《みは》った。昌親ならばともかく、昌浩が気づくとは思っていなかったのだ。

「これは、昨日行成様の許に届けられたもので、——呪物《じゅぶつ》だ」

彼の語気に険しさがにじむ。

昌浩と昌親ははっとして顔を見合わせた。

呪詛《じゅそ》か。

「最近寝《ね》つきがお悪いと仰《おっ》しゃられていたのでお見舞《みま》いもかねて昨日伺《うかが》ったのだが……そこに、ほかの届け物にまぎれてこれが」

成親が退出してからほどなくしてだ。絹織物の詰《つ》められた小櫃《こひつ》が、行成の部下の名で届けられた。

贈《おく》り物にしてはこれといった理由も思い当たらないので行成が首をひねっていたときに、負の気を感じた敏次は、一番下の織物に巻き込んであった呪物を発見した。

「なんですか？」

敏次は昌浩を見て苦いものを含《ふく》んだような顔をした。

「……血染めの紐《ひも》だ」

「……っ」

無意識に身を引く昌浩だ。そういう悪意や怨念《おんねん》というのは、わかっていても気分が悪い。

昌浩の足元で、物の怪が目をすがめた。

「うわ、気色悪いな。行成はそんなに恨《うら》みを買うような男だったかぁ？」

かりかりと前足で頭を掻《か》く物の怪を、昌浩と昌親が一瞥する。敏次がいるから応じることはできないが、彼らとて同じ思いだ。

だが、政というものは人間性などとは一線を画するものだ。本人の知らないところで憎悪《ぞうお》を生み出していたとしても、不思議はない。

「行成様はあの御歳であの地位と御身分《ごみぶん》だ。いずこかで失脚《しっきゃく》を願う不逞《ふてい》の輩《やから》が暗躍《あんやく》していたとしても、不思議はない」

麻布の包みを握り締めて、敏次は抑《おさ》えた怒《いか》りを垣間見せた。

人間のものなのか、それとも獣《けもの》のものなのか。血染めの紐を芯《しん》にした織物を、気づかずに縫《ぬ》い上げてしまっていたかもしれない。布は上質の絹で、風合いの落ち着いた趣味《しゅみ》のよいものだった。呪詛を行っている者は、行成の好みを心得ているようだ。

「幸い私がいたから大事には至らなかったが、行成様には充分《じゅうぶん》に警戒《けいかい》してくださるよう申し上げた」

邸が血の穢《けが》れに触《ふ》れてしまったので、行成は今日参内《さんだい》を控《ひか》えているという。

麻布と、さらに幾重《いくえ》もの呪符《じゅふ》でくるんだ紐は、負の気を放ち悪《あ》しきものを呼び込む性質のものだ。早急《さっきゅう》に浄化《じょうか》を施《ほどこ》して、処分するのが望ましい。

本来ならば陰陽頭《おんみようのかみ》に奏上して指示を仰ぐところなのだが、ことを荒立《あらだ》てたくないという行成の頼《たの》みで、敏次はこっそりと処分するつもりでいたのだった。

「だが、まさかきみに気づかれてしまうとは……」

昌親が指摘《してき》したのなら合点《がてん》がいくのだが、昌浩が先に着眼したことが意外だ。

昌浩は口を開いて何かを言いかけたが、うまい言葉が出てこないのか小さく唸《うな》っただけに留まった。

声を上げたのは、昌浩の足元にいた物の怪だ。

「意外も何も、ごくごくとーぜん、当たり前だ。何せこいつは将来きっと多分その時代一の立派な陰陽師予定なんだからなっ」

偉《えら》そうにふんぞり返っているが、語意にはあまり威厳《いげん》がない。

「……もっくん、それってほめ言葉？」

ちらと物の怪を見下ろして、敏次の耳には届かないようにごくごく小さな声で呟く。

隣《となり》でふたりのやり取りを見ている昌親が、誰にも気づかれないようにそっと苦笑《くしょう》した。

しばらく包みを見つめていた昌浩は、うーんと唸って口をへの字に曲げた。

ことを荒立てたくないという行成の気持ちはわかるのだが、呪詛を行っている者がいる以上、上層部に報告するのが陰陽寮《おんみようりょう》に所属する役人の義務である。

昌浩の態度からそれを読んだ敏次が、険しかった顔をさらに険しくした。

「……やはり、きみもそう思うか」

「はい。やっぱり、ちゃんと報告しないと……」

なにやら阿吽《あうん》の呼吸《こきゅう》で会話する敏次と昌浩を交互《こうご》に見上げた物《もの》の怪《け》は、不機嫌《ふきげん》そうに目を半眼にした。

物の怪は敏次とそりが合わないのだ。というよりも、単純に嫌《きら》いなのである。

昌浩を過小評価《ひょうか》し、実力以上の言動をするのが実に気に食わない。

「大体俺はこいつが偉そうにすること自体が釈然《しゃくぜん》とせんのだ。年が違《ちが》って陰陽生の筆頭で選《え》り抜《ぬ》きで見鬼がないのを努力で補ってせこせこ勉強しているだけの奴《やつ》をなぜなにゆえに昌浩は持ち上げるんだ、納得がいかんっ！」

憤然《ふんぜん》と断言する物の怪を見ながら、昌親は思った。

それはもちろん、年が上で筆頭陰陽生の選り抜きで努力を惜《お》しまず日夜勉学に励《はげ》んでいるからだろう。

昌親が知っている限りでは、敏次という男は裏表がなく生真面目《きまじめ》で、少々堅《かた》いところもあるが潔《いさぎよ》い。昌浩は内面で相手を判断しようとするから、人間的に好ましかったら問題はない。

物の怪が延々文句を並べている間にも、陰陽生と直丁は深刻な顔でぼそぼそと言葉を交《か》わしている。行成は昌浩の加冠役《かかんやく》で、いろいろと世話になっているから、心配もひとしおだ。

「送り主はわからないんですか？」

「名前を騙《かた》っていたので、どうしようもないそうだ。お邸《やしき》の家令《けりよう》にしても、使いの顔などいちいち覚えていられるものでもないしな」

昌浩はまたもや低く唸った。

これが祖父や父、それに、隣にいる兄だったら多分、式を飛ばして呪詛を行っているもののところまで案内《あんない》させると思う。相手が関《かか》わった物がもっとも有効だから、祖父だったらおそらく、この血染めの紐を式にするだろう。何せ当代一の大陰陽師《だいおんみようじ》だ、それくらいの芸当は涼《すず》しい顔でやってのける。

では、昌浩がそれをできるかというと、難しい。昌浩には苦手が多いのである。造作もなく式を操《あやつ》るほどの実力を得るまでには、まだまだ遥《はる》かな道のりが待っているのだ。

「……」

昌浩は隣にたたずむ兄を見上げた。

成り行きですべてを聞いてしまった彼は、安倍氏の立派な陰陽師である。

敏次も同様に視線を向けてくる。

困ったように微笑《びしよう》して、昌親は少しだけ首を傾《かたむ》けた。

「うーん、では、天文博士《はかせ》に伺ってみたらどうだろう」

天文博士は陰陽頭や助《すけ》ほど高位ではないが、陰陽寮では五指に入る重要な役職だ。ついでに言うなら、昌親と昌浩の父吉昌《よしまさ》だ。彼らの父ということは晴明の息子《むすこ》ということで、おおごとをこっそりと処理することに関しては多分筋金入りだ。

もっとも、当人にそれを言ったらそんな筋金はいらないと答えそうだが。

仕事の合間に吉昌の許を訪《たず》ねた昌浩と敏次は、そこに思いがけない人影《ひとかげ》を見つけた。

「兄上」

声を上げる昌浩に振《ふ》り返った成親は、末弟《まってい》と敏次が連れ立ってやってきたことにいささか驚《おどろ》いた様子だった。

「珍《めずら》しいな」

主語を省いて呟《つぶや》く成親に、昌浩と敏次は訝《いぶか》るような顔をする。

「いやまぁ、こちらの話だ、あまり気にするな」

昌浩の肩《かた》に乗っている物の怪が、いやに不機嫌そうな面《おも》持ちなのも気にかかったが、それも考えないことにする。

おくびにも出さないようにしているが、成親も昌親も、物の怪の本性《ほんしょう》である十二神将騰蛇《とうだ》は恐《おそ》ろしくて苦手なのだ。

成親は父を顧《かえり》みた。

「では、そういうことで」

「ああ、わかった。留め置いておく」

成親はそのままふたりに軽く手を振って暦部署《れきぶしょ》に戻《もど》っていった。

代わりのように膝《ひざ》を折った昌浩と敏次は、何やら深刻な話を邪魔《じゃま》してしまったようだと察した。間の悪いときに来てしまったか。

「大したことではないから気にしなくていい。それで、どうした？」

昌浩は敏次を見た。それまで人目につかないように袂《たもと》で隠《かく》していた布包みを差し出して、敏次は声をひそめた。

「実は……」

そのとき、吉昌の許に誰かが駆《か》け込んできた。

「博士、大変です！　右大弁様の許に呪物《じゅぶつ》が届けられたと、報《しら》せが……！」

「なに？」

昌浩と敏次は、手元の包みを凝視《ぎょうし》した。

「これのこと、でしょうか」

「というわけでもなさそうだが……」

ふたりがぼそぼそと会話をしている間に、吉昌は役人から報告を受けている。

それを傍観《ぼうかん》していた物の怪は、むーんと唸って傍《かたわ》らをちらと見上げた。

「……どう思うよ」

《――》

確かな返答はないが、訝る気配が伝わってきた。

白く長い尻尾《しっぽ》をひょんと振って、物の怪は目をすがめた。まるで、昌浩たちが行動するのを待っていたかのような頃合《ころあ》いだ。気に入らない。

一番気に入らないのは敏次なのだが、それは横に置いておく。

物の怪の不機嫌がどこに起因しているのかを正確に読んでいる十二神将六合《りくごう》は、一瞬《いっしゅん》だけ顕《けん》現《げん》して、同胞《どうほう》をたしなめるような眼差《まなざ》しを落としてきた。

夕焼けの瞳《ひとみ》でそれを受け、物の怪は黙《だま》って肩をすくめると、昌浩の背のほうに音もなく飛び降りた。昌浩はかすかに首を動かしたが、敏次がいるのでそれ以上の反応はしない。

「敏次、昌浩」

呼ばれたふたりは居住まいを正した。

「聞いたとおりだ。陰陽《おんみよう》博士の許へ向かい、指示を仰《あお》ぎなさい」

「……はい」

それ以外に返しようがない。

一礼して天文部署を去るふたりを見送っていた吉昌は、なぜか居残っている物の怪に尋ねた。

「騰蛇殿、どうされました」

「気に食わん」

何がというわけではないが、強《し》いて言うならこの状況《じょうきょう》すべてが気に食わない。行成に呪詛《じゅそ》がかけられている。それも、二日連続で。呪詛を仕掛《しか》けている側が、最初の仕掛けを見破られたと察知しているということだ。だから二度目の呪物を送ってきたのだ。

貴族社会ではこういうことはままあるし、晴明も吉昌も呪詛返しの依頼《いらい》を数多く受けている。これもそのひとつだろう。

それだけのことなのだが、どうも気に食わない。

根拠《こんきょ》があるわけではなく、ただの直感で。

物の怪は、前足で器用に頭をかりかり掻《か》いた。

「貴族連中の足の引っ張り合いというのは、いつになっても収まらんものかね。晴明も昔からこの手の騒動《そうどう》でいろいろと苦労していたことだし」

まぁ俺には関係ないんだが、と息をつく物の怪に、吉昌は物言いたげな顔を向けた。

気づいた物の怪は、夕焼けの瞳をめぐらす。

「…………何か関係あるんじゃあるまいな」

「……あまり、ありがたくないことに」

そう言って、安倍晴明の次男は困惑《こんわく》気味に笑った。

本日の寮《りょう》での勤務を特別に免除《めんじょ》された敏次は、黄昏時《たそがれどき》に行成邸へ向かっていた。

陰陽頭の指示を受け、昌浩を供に本格的な呪詛返しに乗り出したのである。

道中、必要な法具などを包んだ布袋《ぬのぶくろ》を抱《かか》え、敏次はいつになく緊張《きんちょう》した面持ちだった。半歩遅《おく》れてそのあとに従いながら、昌浩は片目を細めてちらりと右肩《みぎかた》を眺《なが》めやった。

真っ白な毛並みの物《もの》の怪《け》が、肩を怒《いか》らせて延々憤然《ふんぜん》と抗議《こうぎ》しているのである。

「なんだってお前があいつの助勢をせねばならんのだっ！　いいか昌浩、お前は仮にも半人前だが将来きっと多分立派で有能な陰陽師なんだぞっ、努力だけであそこまでのし上がっているばか正直で一本調子で頑固《がんこ》一徹《いってつ》で融通《ゆうずう》の利《き》かない敏次なんぞに使われて、腹立たしくはないのかーっ！」

「はいはい」

だんだんただの難癖《なんくせ》のようになってきた物の怪の言葉を、昌浩は適度に受け流していた。大体、物の怪の言葉は雑言《ぞうごん》のように聞こえるものの、よくよく考えれば、それ、実はほめ言葉なんじゃ、と思える。

夕焼けの瞳が憤激《ふんげき》できらきらと輝《かがや》いていて、よく磨《みが》いた玉のようだなぁととぼけたことを考えながら、昌浩は声をひそめた。

「敏次殿は陰陽生で俺は直丁なんだから当然だって。もっくんだって知ってるじゃん」

敏次の実力は頭《かみ》もよく知っている。以前、行成が呪詛に倒《たお》れた折にも、敏次が努力の成果を発揮したものだった。

一方の敏次は、こちらも腑《ふ》に落ちない部分があった。

なぜ、よりにもよって直丁の昌浩なのか。ほかの陰陽生もいるではないか。

肩越《かたご》しにそっと昌浩を振り返り、敏次は眉間《みけん》にしわを寄せた。そうして、ふと気づいた。

そうか。頭は、昌浩殿もゆくゆくは陰陽生として勉強することになるのだし、名門安倍氏の男子として心技ともに鍛《きた》えていくのだから、そのために、折あるごとに雑用だけでなく現場に立ち会って学ばせようという腹か。なるほど、それならば納得《なっとく》がいく。

ひとつ頷《うなず》いた敏次は、昌浩を顧みた。

「昌浩殿」

「はい」

敏次は昌浩より目線が高い。三つ年上だから背丈《せたけ》に差がある。顔を上げると、敏次はきりっと引き締《し》まった顔で言った。

「今回はさほどの危険はなかろうという判断で、我々が差し向けられた。この機会にしっかり勉強しておくようにという頭の気遣《きづか》いだろう」

だから、気を抜《ぬ》かず、見聞きしたものはすべて自分の財産にできるように、真面目《まじめ》に取り組もう、と。

いつもいつも真面目で決して手を抜かない敏次は、断言した。

昌浩は瞬《まばた》きをひとつして、元気よく頷いた。

「はい。頑張《がんば》ります」

「よし、行くぞ」

行成邸はすぐそこだ。

背筋をのばす敏次の後ろで、昌浩はなんだか嬉《うれ》しいなぁと思って頬《ほお》をゆるませた。

一時期、それはもう激しく攻撃《こうげき》されて、ものすごくしんどくて落ち込んだものだ。それが、こんな風に接してもらえるとは。

頑張って名誉挽回《めいよばんかい》を目指した努力が実を結んでいるようだ。心なしか足取りも軽い。

上機嫌《じょうきげん》な昌浩とは対照的に、肩《かた》の上で物の怪は、後ろ足で器用に立ち上がってふるふると体を震《ふる》わせていた。

「こっ…こっ…このっ…！」

一度肺の空気を全部吐《は》き出して、物の怪はくわっと牙《きば》を剝《む》いた。

「おーまーえーがーいーうーかーっ！」

昌浩は思わず目をつぶった。敏次にはこの怒号《どごう》は聞こえていない。

物の怪は怒髪衝天《どはっしょうてん》の勢いだ。

「能無しえせ陰陽師《おんみょうじ》の分際で、安倍晴明の！　いいか、安倍晴明だ、当代一の大陰陽師安倍晴明の、末の孫にして唯一《ゆいいつ》の後継《こうけい》たる昌浩に、身のほど知らずな台詞《せりふ》をほざくのはその口か、その口だなっ！　この俺が心をこめて永遠にふさいでやるっ、覚悟《かくご》しやがれっ！」

　右前足でびしっと敏次の背を指差して、物の怪は後ろ足で昌浩の肩を蹴《け》った。

「食《く》らえっ、延髄《えんずい》切り風味竜巻《たつまき》落としっ！」

　しかし、跳躍《ちょうやく》した物の怪の片足を、昌浩が無造作に引っ摑《つか》んだ。

「どわっ！」

　昌浩に逆さ吊《づ》りにされた物の怪は、じたばたと足掻《あが》いて鋭《するど》い爪《つめ》で空《くう》を裂《さ》く。

「放せ昌浩、武士の情けだ、せめて、せめて一撃《いちげき》っ！　あぎと蹴《げ》りから必殺雷《いかずち》の舞《まい》をっ！　それがだめなら脳天直下唐竹割《からたけわ》りをっ！」

「はいはい」

　誰が武士だって、というかそもそもそれ本当にやったら死ぬから、とため息混じりに呟《つぶや》いて、昌浩はやれやれと肩をすくめる。

　物の怪は相変わらず憤然と、逆さ吊りのまま足掻《あが》いている。

《――――――》

傍《かたわ》らに隠形《おんぎょう》している六合は、あえて何も言わずに彼らの随身《ずいじん》の任をまっとうしていた。

暦部署の最奥《さいおう》に設置された暦博士の席は、確認《かくにん》や決裁を待つ書類に埋《う》もれていた。文台《ぶんだい》の上だけでなく、床《ゆか》に置かれた硯箱《すずりばこ》にも書類や文《ふみ》が積み上げられている。

おとなしく筆を走らせていた成親は、ついと手を止めて息を吐いた。

「……さて、どうしたものか」

《——お困りのようですね》

ふいに、声がした。耳の奥に直接響《ひび》く声だ。

成親は一度目を瞠《みは》ったが、すぐに合点《がてん》のいった様子で小さく笑う。

「相変わらず、おじい様の千里眼には舌を巻くな」

貴族社会の揉《も》め事にかり出されつづけて四、五十年。異変を感じたときにはすぐに式を飛ばして状況《じょうきょう》を把握《はあく》しているのだろう。こういう部分はさすがだと思う。

仕事を再開しながら成親は声をひそめた。

「おじい様のことだからもうお気づきだろう。……義父の縁者《えんじゃ》がたわけた真似《まね》をしているらしくてな」

険しい語調で吐き捨て、眉間にしわを寄せる。

「できることなら穏便《おんびん》に済ませたいところだが、おおやけになってしまってはそうも行くまい。逆恨《さかうら》みで失脚《しっきゃく》するのは自業《じごう》自得だが、こちらにまで累《るい》が及《およ》ぶ恐《おそ》れがあるからな。それに……」

成親は南の空を一瞥《いちべつ》した。

右大弁藤原行成の邸の建つ方角だ。

「俺は行成殿が結構好きなんだよ。偉《えら》い人なのに偉ぶらないし、実力もあって有能だし。……大事な友人に害をなされると、俺もちょっと頭にくるなぁ」

いつもと同じ飄々とした物言いでありながら、薄《うす》ら寒《さむ》いものが声音《こわね》ににじんでいる。

《……》

隠形している十二神将は、小さく笑った。

差はあれど、やはりこの男も安倍晴明の孫なのだ。


今回行成邸に届けられた呪物《じゅぶつ》は、小柄《こづか》で刺《さ》し殺《ころ》された蛇《へび》の死骸《しがい》の入った甕《かめ》だった。ご丁寧《ていねい》に「怨《おん》」の一文字が血で記された料紙ごと刺し貫《ぬ》かれた蛇は、甕の底で不恰好にとぐろを巻いている。

皮のふたを開けた女房《にょうぼう》は中を見るなり失神してしまったそうで、恐れおののく雑色の浩大《こうた》ががたがた震えながら南庭に運んだということだった。途中《とちゅう》で落としそうになり、遠くから様子を窺《うかが》っていた家人たちが一斉に悲鳴を上げたそうだ。

「我々が来るのを、待っていてくだされぱよかったのに」

敏次の言葉に、女房の相模《さがみ》は怯《おび》えきった様子で力なく頷いた。

「大丈夫《だいじょうぶ》ですか、浩大さん」

気遣う昌浩に、浩大は真っ青な顔で首を振《ふ》る。

「さっきから、寒気が……」

「あ、ちょっと待ってくださいね」

浩大の背中に手を当てて、昌浩は口の中で小さく呪言《じゅごん》を唱えた。それから背を二回叩《たた》く。

ふっと楽になった浩大は、ほっとした風情《ふぜい》で昌浩に礼を述べ、仕事に戻《もど》っていった。

それを見ていた敏次が、感嘆《かんたん》したように軽く目を瞠る。

「……晴明様の、教えか」

甕を眺《なが》めていた昌浩は、顔を上げた。

「え？　ああ、はい、そうですね。ことあるごとにじい様が……」

——あれくらいひょいっとできなくてどうするのだ、昌浩や。このじい様の努力はどこへ、ああどこへ。まだまだだのぅ、ばーい晴明
「……いろいろと、まぁ、それなりに、心を込めてくれているといいますか、なんといいますか」

だんだん語気が低く荒《あら》くなっていく昌浩の様子に、敏次は怪訝《けげん》そうに首を傾《かたむ》ける。だが、な

るほどと呟いて頷いた。

「そうか……さすがは晴明様だ。見鬼の才がそれほど突出《とっしゅつ》していない君のために、少しずつ時間をかけて導いてくださっているのか」

昌浩は、思わずまじまじと敏次を見つめた。

「…………見鬼の才が……？」

「あまり秀《ひい》でていないだろう、君は。妖だの神仙《しんせん》だのを見ることは一応できても、成親様や晴明様ほどではないともっぱらの評判だ」

「あー……、そう、ですね」

そういうことにしておこう。

なんとなく座りの悪い気がする昌浩の様子には気づかず、敏次は腕《うで》を組む。

「それに、見鬼と霊力《れいりょく》とは必ずしも比例しないともいう。昌浩殿は見鬼はともかく勘《かん》はよいと博士《はかせ》や頭《かみ》も仰《おお》せられていたから、焦《あせ》らず頑張ればひとかどの陰陽師になれるのではないかと私は思う」

ここでいう博士は陰陽《おんみょう》博士のことだ。

昌浩は殊勝《しゅしょう》に頷《うなず》いた。

「頑張ります」

「うん、その心がけが大切だ。さて」

敏次は甕に向き直った。

その背を見ながら、昌浩は思った。

若かりし頃《ころ》からあれだけの力と技《わざ》を備えている晴明が結構な年まで出世街道《かいどう》に乗らなかった理由が、なんとなくだが実感を伴《ともな》ってわかってきた気がする。

敏次が頑張《がんば》るのは、期待されているからだ。家族や、敬愛する行成や、寮《りょう》の頭や助、博士たちに。だから、その期待に応《こた》えようと懸命《けんめい》に努力しているのだ。

そういう地道なひとがいるから、政は滞《とどこお》ることなく進むのだろう。

「……………」

自分は、偉くなくてもいいから、そういうひとの手助けができるようになれたらいいなぁと、昌浩は思う。

それにしても。

昌浩は、檜《ひ》皮葺《わだぶ》きの屋根を見上げた。

屋根の上では、顕現《けんげん》した六合が物《もの》の怪《け》を片手で持ち上げていた。

「はーなーせーっ！　放せったら放せぇぇぇっ！」

「昌浩から、放すなと言われている」

ため息《いき》混じりの六合に、物の怪はものすごい眼光を向けた。

「お前は誰の味方だっ」

この場合、味方云々《うんぬん》以前の問題だと六合は沈黙《ちんもく》の下で考えた。だが、それを口にすると物の怪の怒《いか》りの炎《ほのお》に油を注いでしまいそうなので、伝えるような真似はしない。

そもそも物の怪がここまで怒る理由は本当はないのである。もはやただの難癖《なんくせ》、いわゆるいちゃもんだ。

再び嘆息《たんそく》して、六合は静かに物の怪を見下ろした。

「騰蛇、いい加減に……」

言い差して、六合は瞬《まばた》きをした。

物の怪がふいに足掻《あが》くのをやめたかと思うと、注意深く周囲の様子を探《さぐ》っている。

「――――降ろせ」

先ほどとは打って変わった厳しい声音を受け、六合は無言で物の怪を解放した。音もなく檜皮《ひわだ》に飛び降りた物の怪は、夕焼けの瞳《ひとみ》を剣呑《けんのん》に輝《かがや》かせて敷地《しきち》内をぐるりと見渡《みわた》すと、自分の前足の辺りを睨《にら》んだ。

六合も物の怪とほぼ同時に気づいている。

ふたりは昌浩の傍《かたわ》らにひらりと降り立った。

気配に気づいた昌浩が目だけを向けてくる。彼の前では敏次が、かけられた呪詛《じゅそ》を返すべく、準備をしている最中《さいちゅう》だった。

晴明のような老練の卓越《たくえつ》した陰陽師《おんみょうじ》だったら、涼《すず》しい顔で返せてしまう程度の呪詛だ。怨念《おんねん》は本物だが、術者の霊力がそれほど強くないらしい。

血染めの紐《ひも》にこめられていたものと、念の色が同じだった。連日の呪詛を行っているのは、同一人物だと考えて間違《まちが》いないだろう。

結界の中に甕を据《す》え、数珠《じゅず》を手に巻きつけた敏次は、ほっとした様子を見せた。

「この程度だったら、行成様の身に異変が起こることはないだろう」

あらかじめ用意しておいた人形《ひとがた》を取り出し、甕に手をかけようとした敏次は、ふいに動きを止めた。

敏次よりも昌浩のほうが先に行動していた。物の怪たちが口を開く前に、はっと身を翻《ひるがえ》して主屋の階《きざはし》の下に駆《か》け寄った。

建物の土台には、床下《ゆかした》につながる四角い風通しの穴が開いている。

取りつけられた連子《れんじ》の向こう、床下から、怨念が漂《ただよ》い出ていた。

敏次が呪詛返しをしようとした途端《とたん》に、それまで沈黙していたものがあふれ出てきたかのようだ。

「なんだ……？」

床下までは光が届かないので、目を凝《こ》らしても見通すことはできない。階の下にもぐりこみたくても、烏帽子《えぼし》が邪魔《じゃま》でそれもできない。

こういうときは鬱陶《うっとう》しいから取ってしまいたいのだが、敏次がいるので自制する。着衣の乱れは心の乱れと言われそうだから。

光の届かない床下で、何か白いものがゆらゆらと蠢いているのがわかった。怨念は、それから発せられている。

「昌浩殿、何かあるか」

「はい。でも、なんなのかは……」

昌浩の横に膝《ひざ》をついて、敏次は悔《くや》しげに歯嚙《はが》みした。

「くそ…！　まさか、何者かが呪物《じゅぶつ》を埋《う》め込んだのでは」

そう考えれば、突如《とつじょ》として発生したこの怨念にも説明がつく。

相手の術者は質より量で勝負をかけてきたのだ。

敏次は結界の内に封《ふう》じた甕《かめ》と連子の向こうとを交互《こうご》に睨んだ。

甕のほうはしばらくは大丈夫だ。いまはあの怨念の元を抑《おさ》え込むのが先決だろう。だが、どうやって。出仕用の直衣《のうし》はいささか動き回るには不向きで、成人男子には必須《ひっす》の烏帽子も狭《せま》いところに入り込むには邪魔になる。

生真面目《きまじめ》な彼は、ひどく苦悩《くのう》した。

「行成様の、ためだ……！　しかし……！」

この世の終わりのような顔で肩《かた》を震《ふる》わせている敏次に、昌浩はそっと声をかけた。

「あの、敏次殿《どの》。俺が行きますから」

「昌浩殿が？　いや、しかし……」

「大丈夫《だいじょうぶ》です。それにほら、俺のほうが背もちっちゃいんで、向いてると思いますし」

敏次は少し逡巡《しゅんじゅん》しているようだったが、眉間《みけん》にしわを寄せて仕方ないといった体《てい》で頷いた。

昌浩は袖《そで》が邪魔にならないようにたすきがけをすると、躊躇《ちゅうちょ》もなく烏帽子を取って、ついでに髷《まげ》もといた。手櫛《てぐし》で梳《と》かした髪《かみ》をうなじの辺りで雑に括《くく》り、はめ殺しになっていた連子を周りの枠《わく》ごと取り外す。

ばこっと音を立てて外れた風通しの穴は、思っていたより大きいようだった。

「じゃ、ちょっと行ってきます」

四つん這いになって床下にもぐると、物の怪がついてきた。肩越《かたご》しに顧《かえり》みると、気遣《きづか》わしそうな顔をしている敏次の隣《となり》に、片膝《かたひざ》をついた六合が控《ひか》えていた。

ここ数日天気がよいので床下は比較的乾《ひかくてきかわ》いている。風通しの穴から射《さ》し込む明かりは、必要なところまでは届いていない。

さすがに床下に松明《たいまつ》を持って入るわけにはいかないから、昌浩はそっと口を開いた。

「もっくん、あれ、なんだろう」

対する物の怪は、敏次には見えていないとわかっているのでいつもの調子だ。

「呪物……いや、違《ちが》うな。あれは…」

ふいに眉《まゆ》をひそめた物の怪は、次の瞬間《しゅんかん》はっと息を呑《の》んで昌浩の肩の辺りをくわえ、無理やりに引き倒《たお》した。

「わっ⁉」

「伏《ふ》せろ！」

言われるままに頭を押さえると、床《ゆか》と頭の間を、凄まじい速さで何かが駆け抜《ぬ》けた。

同時に、鼓膜《こまく》に激しい咆哮《ほうこう》が突《つ》き刺《さ》さった。

昌浩は咄嗟《とっさ》に叫《さけ》んだ。

「敏次殿、よけて！」

風通しの穴前にいた敏次は、反射的に身を引いた。だがぎりぎりで反応が間に合わない。

鋭利《えいり》な牙《きば》を剝《む》いた何かが敏次めがけて突進《とっしん》していく。

振《ふ》り返った昌浩は、自分が床下にいることを忘れて立ち上がろうとした。板に頭頂をしたたかぶつけて目の奥で火花が散る。

「あっだだだ…っ」

しゃがみこんで頭を抱《かか》える昌浩を、さすがに呆《あき》れ顔《がお》の物の怪が眺《なが》めている。

「…ばぁか」

まだ星が散っているが、昌浩は必死で目を開けた。

「とっ、敏次殿は…、…あ」

四角い穴の向こうに、なぜか仰向《あおむ》けに転がっている敏次がいた。その隣にいたはずの六合が、獣《けもの》のような姿の妖を霊布《れいふ》で払《はら》いのけている。

危機一髪のところで六合が敏次を引き倒したらしい。自分がどうして倒れたのか理解できていない敏次は、訝《いぶか》って周囲を見回しているのだった。

昌浩はほっと息をついた。

「よかった」

肩の力を抜く昌浩の腕《うで》を、物《もの》の怪《け》の白い尾《お》がぺしぺしと叩《たた》いた。

「おい見ろ昌浩」

「え？」

促《うなが》されて見やると、動物の骨が転がっていた。四足の、物の怪よりも小さい動物だ。白骨化している首元に、細い紐のようなものが巻きつけられている。

そっと手をかざしても、何も感じられなかった。

「気をつけろ」

「うん、大丈夫」

はずした紐は、よく見ると縒《よ》った紙のようだった。

いやな予感がした。

「これ……」

そのとき、よく知っている声が響《ひび》いた。

「敏次、大丈夫か」

昌浩は息を呑んだ。

風通しの向こうにいた敏次が血相を変える。

「行成様、出ていらしてはなりません！」

妖の咆哮が轟《とどろ》く。片膝をついた六合が、昌浩に視線を投げてきた。

昌浩は紙を握ったまま穴に這《は》いよると、枠を掴《つか》んで視線を走らせた。

階《きざはし》の中ほどまで降りてきた行成をかばうように、敏次が仁王《におう》立ちになっている。彼が見ているのは、いままさに突進してこようとしている牙を持つ妖だ。

「もっくん！」

鋭《するど》く呼ばれて、物の怪はちっと舌打ちした。仕方がない。

敏次の前に躍《おど》り出た物の怪の全身から、威嚇《いかく》の闘気《とうき》がほとばしった。

「――――っ！」

鋭利な咆哮に、妖は一瞬《いっしゅん》怯《ひる》んだ様子を見せた。その隙《すき》に、印を組んだ敏次が呪文《じゅもん》を詠唱《えいしょう》する。

「まがものよ、禍者《まがもの》よ、いざ立ち還《かえ》れ、もとの住処《すみか》へ！」

敏次の霊力《れいりょく》が物理的な力を伴《ともな》って妖に叩きつけられる。彼はそのまま懐《ふところ》から料紙で作った人形を抜き取り、顔の前にかざした。

「すべてをすみやかにここに封じ、邪念《じゃねん》もろともに立ち還れ！」

ひゅっと投じた人形が妖に吸い込まれていく。

のた打ち回った妖は、やがて身を翻《ひるがえ》すと天高くに飛翔《ひしょう》して、見えなくなった。

気配が完全に消えるのを確認《かくにん》した敏次は、ようやく肩の力を抜いて肺が空になるまで息を吐《は》き出した。それから、やおら振り返って眦《まなじり》を決する。

「行成様、なぜ出ていらしたのですか！　呪詛《じゅそ》返しは慎重《しんちょう》かつすみやかに行わなければならないのです、それなのに…！」

狩衣《かりぎぬ》姿の行成は、言葉に詰《つ》まって拳《こぶし》を震わせる敏次の肩を叩いて、申し訳なさそうな目をした。

「ああ、すまなかった。だが、お前たちに何かあったのではと思ったら、体が勝手に動いてしまって……」

階の下から出てきた昌浩にも目を向けて、彼は笑った。

「私のために怪我《けが》をさせたら、それこそ申し訳が立たないじゃないか」

「何を仰《おっ》しゃいますか！　行成様は大事なお方です、何かあっては政にも影響《えいきょう》が出ます！　私たちがなんのためにここに差し向けられたと思っているのですか、行成様をお守りするためです……！　私の術が成功していたからよかったものの、はずれることとてあるのです、もしそうなったら……っ」

感極《きわ》まって絶句する敏次の背をじとっと見上げていた物の怪は、ぼそりと呟《つぶや》いた。

「や、その前に俺も六合もいたし、昌浩もいたし」

ひょんひょんと尻尾《しっぽ》を振って、物の怪は納得《なっとく》のいかないそぶりだ。

昌浩はさりげなく物の怪の傍《かたわ》らに移動して、沓《くつ》の先で尻尾の先をつついた。

夕焼けの瞳《ひとみ》が不満もあらわに見上げてくるのを受け流し、昌浩は小さく頷《うなず》いた。

手にある紙を一瞥《いちべつ》する。これは、呪符だ。呪符の巻きついたあの白骨は、では。


仕事を終えた成親は、自邸《じてい》とは別の方角に向かって歩いていた。

昨日帰邸した折にすれ違った縁者《えんじゃ》の邸だ。

彼は普段《ふだん》徒歩で参内しているので、供も連れずに気ままな風情《ふぜい》で進む。

そろそろ黄昏《たそがれ》も終わる。

「昌浩たちはどうなったかな？」

《気になりますか？》

「まぁな。敏次はそれなりだし、昌浩は一流だ。それに、騰蛇と六合もついているから、案ずる必要はないのだろうが」

兄としては、やはり心配なのだ。これはもう仕方のないことだろう。年の離《はな》れた弟はやはりことのほか可愛《かわい》いし、行成が案じているだろうから敏次のことも気懸《きが》かりだ。

「あれらはどうにも歯車がくるって行き違いがあって仲違《なかたが》いしているからなぁ。一方的に」

成親は目線をあげた。

目指す邸の築地塀《ついじべい》が、門までつづいているのが見えた。

ふいに、空から透《す》き通ったものが飛来して、その邸の中に吸い込まれた。

彼の目が険を帯びる。

「――やはり」

雑色の制止を振り切って無理やり邸に押し入ると、義父の遠縁《とおえん》に当たる青年ががたがた震《ふる》えてうずくまっていた。

「おい、術者はどこだ」

ぞんざいに問うと、もはや声も出ないらしく、震える指で奥を指し示した。

すると、彼方《かなた》から凄まじい絶叫《ぜっきょう》とともに、獣の咆哮《ほうこう》が轟いた。

成親は剣呑《けんのん》な目でそちらを睨《にら》むと、駆《か》け出した。

「いざとなったら、頼《たの》む」

《心得ました》

一番端《はし》に位置する西対屋《にしのたいのや》に踏《ふ》み込むと、ぼろぼろの水干《すいかん》をまとい肩《かた》より長い髪《かみ》を振《ふ》り乱《みだ》した男が、白い妖に襲《おそ》いかかられてもがいていた。

妻戸《つまど》のところで立ち止まった成親は、うんざりした様子で息をついた。

「制しきれない式など放つから、こういうことになる」

咆哮が響く。返された呪詛は、術者を殺すのだ。

成親は懐から呪符を引き抜《ぬ》いた。

このまま死なれると寝覚《ねざ》めが悪い。それに、呪詛を依頼《いらい》したあの青年も追い詰められる。

「自分が出世できないのは、別に行成殿のせいではないのに、ひとのせいにしたがるのは能無しで家柄《いえがら》だけの貴族の子弟にありがちな思い込みだな」

口端《こうたん》を歪めて笑う成親に、術者から標的を切り替《か》えた妖が、長い牙《きば》を剝《む》いて飛びかかってきた。

風圧が頬《ほお》を叩く。だが成親は微動《びどう》だにしない。

妖の爪《つめ》が鼻先まで迫《せま》ってきた刹那《せつな》、突如《とつじょ》として発生した不可視の壁《かべ》が妖を弾《はじ》き返した。

ばしっと音を立てて弾かれた妖は、形勢不利と悟《さと》ったのか、そのまま蔀《しとみ》を破って逃《に》げ出していった。

それを見送った成親は、失神している術者を見下ろして嘆息《たんそく》した。

「まったく、後始末が大変だ」

それから彼は、誰もいない空間を見てにやりと笑った。

「さすがだな、太裳《たいじょう》」

《いえ》

隠形した十二神将は、安倍晴明の式神《しきがみ》だ。この状況《じょうきょう》を読んだ晴明が、万一のために遣《つか》わしてくれたのである。

成親は安倍氏の陰陽師《おんみょうじ》で、その実力には定評がある。入寮《にゅうりょう》してすぐにさっさと暦部署に入ってしまったから、陰陽部署《おんみょうぶしょ》は当初地団太《じだんだ》を踏んで悔《くや》しがったということだ。

失神している男は大方民間陰陽師のひとりだろう。自分の実力が正当に評価されないのは、目立つ行成がいるからだ、行成さえ消えればすべてがうまくいく、そんな風に思い込んだ愚《おろ》かな貴族がこの事件の発端《ほったん》だ。

昨日退出していく彼の全身を、負の気が取り巻いていた。気になった成親は義父や実父に彼のことで探《さぐ》りを入れ、式を飛ばして様子を窺《うかが》っていたのだ。

「まさかこんなに詰めが甘いとはなぁ、もう少し使える術者がいるだろうに」

もっとも、使える術者が手を貸していたら、厄介《やっかい》な事態になっていた可能性が高い。
《ところで》
「ん？」
振り返る成親に、太裳は控《ひか》えめに言った。
《先ほどの式は、どこに行ってしまったのでしょうか。退けられて気が立っているでしょうし、向かう先は……》
太裳の言わんとするところを理解して、成親はあ、と声を上げた。

甕《かめ》にこめられた呪詛の邪気《じゃき》を祓《はら》った敏次は、一旦陰陽寮《いったんおんみょうりょう》に戻《もど》ってことの顚末《てんまつ》を頭《かみ》に報告するということだった。

昌浩も同行しようと思っていたのだが、敏次に止められた。

「その頭で大内裏《だいだいり》に入るつもりか」

指摘《してき》されて、昌浩は思わず頭を押さえた。髻《まげ》をといてしまったから、いささかどころかものすごく、体裁《ていさい》が悪い。

「私が報告しておくから心配はない。それに、君は定刻に出仕しているのだろう、本当だったらもう退出している時刻なのだし」

言われてみればそのとおりなので、昌浩は敏次の言葉におとなしく従うことにした。

「では、失礼します」

ぺこりと頭を下げて帰途《きと》につくと、先ほどからずっと不機嫌《ふきげん》な物《もの》の怪《け》が、やはり不機嫌なまま沈黙《ちんもく》しているのが気になった。

「もっくん、どうした？」

足を止めて尋《たず》ねると、物の怪は昌浩を一瞥して、機嫌悪いですと言わんばかりに首の辺りを後ろ足でわしゃわしゃと掻《か》きまわす。

「……さっきの呪符は」

「あるよ、ほら。……あ」

無意識に懐《ふところ》にしまっていたものをひょいと出した昌浩は、はたと気づいて目と口を丸くした。

「敏次殿《どの》に報《しら》せるのを忘れた……」

「俺が言ってるのはそういう意味とは違《ちが》う」

「じゃあ何」

物の怪が口を開きかけたとき、彼方から獣《けもの》の咆哮が轟《とどろ》いた。

昌浩と物の怪は同時に首をめぐらせた。

紺色《こんいろ》に染まりはじめた空を、猛《たけ》り狂《くる》った妖が滑《すべ》るように飛んでいる。

昌浩は剣呑な表情でそれを睨《ね》めつけた。

「なんか、さっきと様子が違う」

「制御《せいぎょ》下にあったのが暴走してる感じだな。術者が斃《たお》れたからか？」

ふいに、彼らの傍《かたわ》らに降り立つ気配があった。

《死んではいません。ただ、獣を式に下すには、力不足だったようですよ》

物の怪の耳がそよいだ。

「太裳か。……おい、ちょっと待て、お前がなぜそんなことを知っている」

《成親様から昌浩様に言伝《ことづて》を。――すまん、だそうです》

「なんだそれは！」

《必要があるならば、のちほど釈明《しゃくめい》に来られるということです。では、私はこれで》

神将の気配は、訪《おとず》れたときと同じように唐突《とうとつ》に消えた。

物の怪は憤懣《ふんまん》やるかたないという風情《ふぜい》で前足を上げる。

「厄介ごとは全部こっちかーっ！」

「そういうことじゃあないと思うんだけど……。とにかく、あれを野放しにしたら大変なことになる」

昌浩は、手の中にある縒《よ》った呪符を握《にぎ》り締《し》めた。妖が目指しているのはおそらくこの呪符だ。

あの妖は、呪詛《じゅそ》を行った術者が式として使った獣の成れの果てだろう。式に下すために血で描《えが》いた呪符を鎖《くさり》とし、魂《たましい》を縛《しば》りつけて妖と化した。邪念《じゃねん》に染まった獣の命は、制するものがいなければ闇雲《やみくも》に人を襲い、あの鋭利《えいり》な牙で喉笛《のどぶえ》を引き裂《さ》くに違《ちが》いない。

妖がこの呪符を目指すのは、これが己《おの》れを縛る最後の枷《かせ》だと悟っているからだ。

「手っ取り早く行ったほうがいいか」

完全に夜になる前に片をつけないと。

「もっくん、これ燃やしちゃって」

「敏次に報せるんじゃなかったのか」

「状況が変わったから、見なかったことにしようと思う」

「……お前も本当に晴明の孫だな…」

「孫言うな！　物の怪の分際で！」

「物の怪言うな！」

一通りのやり取りを終えると、待っていたように六合が顕現《けんげん》する。いささか呆《あき》れた風情に見えるのは、気のせいではないだろう。

小さく文句を言いながら、物の怪は瞬《またた》きひとつで本性《ほんしょう》の十二神将紅蓮《ぐれん》になり変わった。

昌浩の手から呪符を取り上げると、招喚《しょうかん》した炎《ほのお》であっという間に焼き尽《つ》くす。

「獣の成れの果てが、いつまでもうろつくな」

腕《うで》を払《はら》うと、のび上がる炎蛇《えんじゃ》が大きくうねりながら妖に襲《おそ》いかかり、巻きついた。魂だけの、実体を持たない妖だ。拘束《こうそく》されるだけで燃え上がることはない。

「六合、大丈夫《だいじょうぶ》だ、下がれ」

銀槍《ぎんそう》を構えていた六合に指示し、昌浩は印を組んだ。

「オン、アビラウンキャン、シャラクタン！」

しゃにむに暴れていた妖が、真言《しんごん》の呪力《じゅりょく》で硬直《こうちょく》する。

「ナウマクサンマンダ、バサラダン、カン！」

ふたつ目の真言で、妖の全身に無数の亀裂《きれつ》が生じた。

昌浩は刀印《とういん》を構えると、勢いよく振《ふ》り上げて一気に叩《たた》き落とした。

「降伏《ごうぶく》！」

炎蛇とともに、妖の体が木っ端微塵《ぱみじん》に砕《くだ》けて四散する。

完全に気配が消えたのを確認《かくにん》して一息ついた昌浩は、羽ばたきを聞いてがばりと上空を振り仰《あお》いだ。紅蓮と六合もそれに倣《なら》う。

「……晴明か」

ぽつりと呟《つぶや》く紅蓮のすぐ眼前にひらりと舞《ま》い降《お》りた白鳥は、そのまま紙片《しへん》に姿を変えた。

「…………っ」

ひらひら落ちてくる紙片を掴《つか》んだ昌浩は、そこに記されている達筆《たっぴつ》に目を走らせた。

「昌浩？」

いつものようにぐしゃぐしゃと紙片を握りつぶした昌浩は、訝《いぶか》る紅蓮にそれを突《つ》き出した。

「紅蓮、これも燃やしてくれ！　地獄《じごく》の業火《ごうか》で盛大に！」

紅蓮は瞬《まばた》きをして、困惑《こんわく》したように返した。

「いや……さすがに式文《しきぶみ》を燃やすのは、まずかろう」

彼の横で六合が黙然《もくぜん》と頷《うなず》く。

「どわーっ、ちくしょーっ！」

紙片を握り締めたまま、昌浩は絶叫《ぜっきょう》した。

「いまに見ていろ、くそ爺《じじい》――――っ!!」


数日後、成親は行成の邸《やしき》に訪れていた。

穢《けが》れを落とすための物忌《ものいみ》が明けるのを待って、すぐに訪問したのである。

「敏次殿と昌浩の働きで、大事に至らなかったと伺《うかが》いましたよ」

廂《ひさし》に据《す》えられた円座《えんざ》について、成親は腕を組んでいる。その前で、脇息《きょうそく》にもたれた行成が笑って頷いた。

「おかげさまで。また敏次に助けられたよ。今回は叱《しか》り飛ばされてしまった」

「それはまた、度胸のある」

感嘆《かんたん》する成親に、行成が誇《ほこ》らしげに笑《え》みを深くする。

「あれは昔から、融通《ゆうずう》が利《き》かなくて真っ正直なんだ」

騙《だま》し合いや駆《か》け引きの必要不可欠な政の中枢《ちゅうすう》にゆくゆく関《かか》わるには、いささか清廉潔白《せいれんけっぱく》すぎるきらいがあるほどに。

成親も苦笑《くしょう》気味だ。

「ああ、それはうちの末弟もそうですね。お互《たが》いに意外なところで苦労が絶えないようだ」

「まったくね」

応じる行成に、成親はさりげなく告げた。

「呪詛を行っていた者は、こちらで対処しておきました」

行成の瞼《まぶた》がぴくりと動く。成親は動じない。

「再びは決してない。ということで、これ以降は不問にしていただきたい」

「……そうきたか。ということは、やはり呪詛の主《ぬし》は……ああ、やめておこう。陰陽師《おんみょうじ》に逆らうのは分が悪い、きみは中でも相当の腕前《うでまえ》だ」

ため息混じりにそう言うと、成親は黙《だま》ったままにやりと笑った。

そうして腕をとき、すました顔で口を開く。

「何しろ、あの安倍晴明の孫ですから」

互いの視線が交差する。

やがてふたりは、面白《おもしろ》くて仕方がないというように、声を立てて笑った。

ひとしきり笑ったあとで、行成は思い出して言った。

「ああそうそう、敏次と昌浩殿《どの》のことなんだが……」

「はい？」

政治家ではなく庇護《ひご》者の顔になった行成は、何やら嬉《うれ》しそうに目許を和《なご》ませた。

「行《い》き違いが多少なりとも緩和《かんわ》されているようだよ。先日見舞《みま》いに来てくれた折に、敏次が言っていた」

――昌浩殿は、最近は真面目《まじめ》に仕事をこなしていますし、心を入れ替《か》えたようですね。最初からそうやっていれば、私とて厳しい物言いをするようなことはなかったのですが
「ほほう」

それは重畳《ちょうじょう》だ。

可愛《かわい》い弟が心穏《おだ》やかでいられない職場は願い下げである。

多少は不平不満が出てくるものだが、努力でそれが改善されるなら努力は惜《お》しまぬほうがいい。

とはいえ、行き違いがすぐになくせるわけではないだろう。その辺りは、これからの昌浩の努力にかかっている。

「昌浩たちには、大内裏の奥深《ふか》くに蠢《うごめ》く百鬼夜行《ひゃっきやぎょう》を相手にしてもらわないといけませんからね。大変だが、頑張《がんば》ってもらわないと」

　他人事のような顔の成親に、行成は半分呆れたような目を向けた。

「自分は関係ないとでも言いたげだね」

「いやもう、私はうちのことで手《て》いっぱいなので、ほかの百鬼どもはできるだけ若人《わこうど》に任せようかと」

　それに。

「昌浩は、安倍晴明の後継《こうけい》ですから。ひとりで全部背負うのは厳しいでしょうが、敏次殿のような御仁《ごじん》がいるなら、それほど大変でもないでしょう」

　涼《すず》しい顔でかなり強気なことを行成に言ってのけた成親だったが、しかし彼には重大な懸案《けんあん》事項《じこう》があった。

　実家である安倍邸《てい》に赴《おもむ》き、ことのあらましをつまびらかにして、釈明《しゃくめい》しなければならない。

　大変だ、憂鬱《ゆううつ》だ。

「……騰蛇の奴《やつ》、怒《おこ》ってるだろうなぁ」

計らずも、昌浩にすべて押しつける形になってしまったことに。

なんと言えば一番穏便《おんびん》に済むだろうかと思案しながら、成親は実家への路をのろのろと進むのだった。

思いやれども行くかたもなし

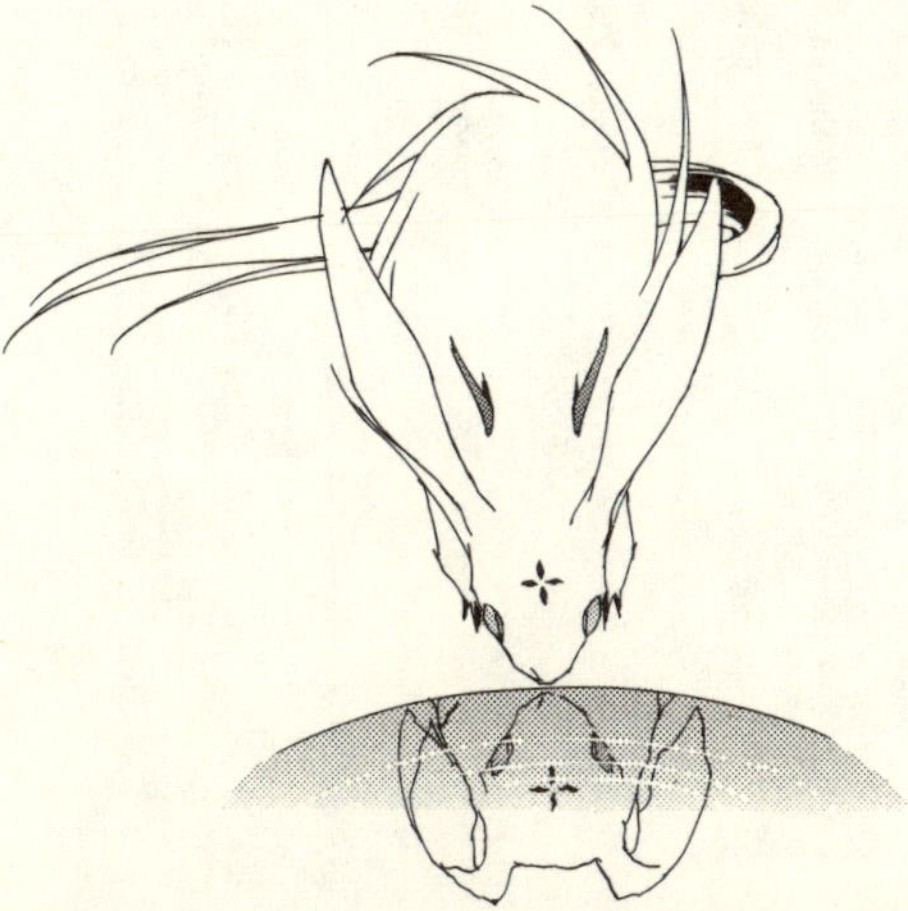

助けてください。

助けてください。

どうか――。

◆　◆　◆

風を受けて、栗色《くりいろ》の髪《かみ》が大きく翻《ひるがえ》る。

「ええと、この辺りよね？」

同胞《どうほう》の確認《かくにん》に、重々しく玄武《げんぶ》が頷《うなず》いた。

「ああ、そのはずだが。……太陰《たいいん》、おそらくあそこだ」

指差した先に檜皮《ひわだ》の屋根がある。

中流の貴族の邸《やしき》だった。主屋を中心にしてふたつの対屋《たいのや》があり、倉などが立ち並んでいる。

風将太陰の操《あや》つる風は常に荒《あら》っぽいので、玄武は内心冷や冷やしていた。が、今日の風は予想に反して比較的穏《ひかくてきおだ》やかだった。といっても、普段《ふだん》に比べればだが。同じく風将の白虎《びゃっこ》が操る風のほうが、格段に静かだ。

「珍《めずら》しいな。常にこのような柔風《やわかぜ》であれば、誰も文句を言わないだろうに」

感心した風情《ふぜい》の玄武に、太陰は口を尖《とが》らせて言った。

「昨夜《ゆうべ》白虎に叱《しか》られたのよ。この間、邸の屋根をつい吹《ふ》き飛ばしそうになったから……」

異界で膝《ひざ》を突《つ》き合わせて三刻ばかり、ひたすら説教を食《く》らう羽目になった。

思い出したのか、太陰の眉間《みけん》に深いしわが刻まれた。幼い風貌《ふうぼう》に似合わぬ渋《しぶ》い表情で、太陰は頭《かぶり》を振《ふ》る。

「わたしだって、一応反省してるのよ」

「では、それをできるだけ持続してくれ。邸を破壊《はかい》されては晴明たちが困る」

神将たちは異界に戻《もど》ればすむのでなんら問題はないが、人間たちには住居が必要だ。

「うるさいわねっ、玄武は黙《だま》ってなさいっ！」

「そうやって真実を衝《つ》かれると反射的に相手に食ってかかるところは、太陰の欠点だな」

ため息混じりの言葉は、実は白虎が言っていたものだ。なるほど、確かにそのとおりだ。

白虎が同じことを言って彼女を黙らせていたのを見て、玄武も同じ言葉を口にしてみたら、案の定効果絶大だった。

ぐっと押し黙って苦虫《にがむし》を嚙《か》み潰《つぶ》したような顔をしている。

たまには心の底まできっちり反省してもらわないと、この同胞はすぐに同じことを繰《く》り返す。その反省を促《うなが》せるのは、同じ金将である白虎だけだ。太陰は白虎にはどうしても勝てないのである。食ってかかろうと反発しようと泰然《たいぜん》と構える白虎の気迫《きはく》に吞《の》まれて黙り込むのだ。騰蛇や天空《てんくう》でもああはいかない。そして自分は好き放題言われ放題の感がある。

玄武としては、それが少々腹立たしい。十二神将に外見年齢《ねんれい》などまるで意味はないのだが、子どもの形《なり》をしているのは玄武と太陰だけで、なんとなく行動をともにする機会が多い。必然、とばっちりを受ける機会も多いのだ。

ぐるりと周囲を見渡《みわた》して異常がないかどうかを確かめながら、玄武は注意深く気を凝《こ》らした。妖気《ようき》や、念といったものがないかどうか。そのものでなくとも、残滓《ざんし》のようなものが漂《ただよ》っていないか。

もしそれがあった場合、晴明の夢占《ゆめうら》が当たったことになる。

「いったい何があるっていうのかしら」

気を取り直したらしい太陰が、きょろきょろと辺りを見渡しながら訝《いぶか》しげな顔をする。取り立てて、彼女の警戒心《けいかいしん》や直感に訴《うった》えるものはないようだ。

「さぁ」

見た目に似合わぬ険しい顔で玄武は首を振った。

「我も詳《くわ》しいことは聞いていない。ただ、占《せん》が正しければこの邸には……」

ふいに言い差して、玄武は邸を顧《かえり》みた。

何かがいる。こちらの様子を窺《うかが》っている。

妖の気配は感じないが、ひとの気配も感じない。

無人と思《おぼ》しきひっそりとした対屋の簀子《すのこ》に、玄武は助走もつけずに飛び上がった。

音もなく着地した玄武は、片膝《かたひざ》をついた姿勢のまま気配を探《さぐ》った。

「化生《けしょう》のものではなさそうだが……」

小さく呟《つぶや》く玄武の視界のすみで、太陰があっと声を上げた。

彼女の視線を追って首をめぐらせると、簀子と廂《ひさし》とを仕切る御簾《みす》の向こうに、微動《びどう》だにしない人影《ひとかげ》があった。

「……ひとがいたのか」

さすがに驚《おどろ》いた玄武が息をつく。

「びっくりした。人形《にんぎょう》の影かと思ったけど、ちゃんと人間だわ」

風をまとった太陰が宙を滑《すべ》って御簾の前に浮遊《ふゆう》する。彼女の風にあおられた御簾がふわりと揺《ゆ》れて、廂にたたずむひとの姿を垣間見《かいまみ》せた。

子どもだ。地味な色合いの衵《あこめ》をまとい、尼削《あまそ》ぎの髪も初々《ういうい》しい。濡《ぬ》れたような漆黒《しっこく》の瞳《ひとみ》は澄《す》んでいるが、一点を見つめたまま動かなかった。

玄武も太陰も隠形しているので徒人の目に彼らの姿は映らない。

一瞬《いっしゅん》見えた少女は、玄武より年下で太陰と同じくらいに見えた。ということは、五つか六つといったところだろう。

彼女はふいに首を傾《かたむ》けた。

すいと足を滑らせて、前に出した手で御簾を押しやりながら、そろそろと簀子に出てくる。

その足取りが妙《みょう》におぼつかなく思えて、玄武はなぜかはらはらしながら見守った。

太陰もそれに気づいたらしい。

「ねぇ玄武、この子もしかして……」

宙に浮《う》いたまま言いかけた太陰を、玄武は無意識に見上げる。

その頰《ほお》に、少女の手が触《ふ》れた。

ぎょっとして視線を戻す。

「な…っ⁉」

さすがに言葉を失う玄武の鼻や口元を確かめるように触れながら、少女は首を傾けた。予想だにしなかった展開に、玄武の心臓が唐突《とうとつ》に跳《は》ね上がる。

硬直《こうちょく》した玄武の顔をしばらく確かめるようにしていた少女は、そのまま手を首から肩《かた》に移動させた。

呆然《ぼうぜん》と見ていた太陰が、はっと我に返る。

「げ、玄武、どうするの？」

「どうする、と訊《き》かれても……っ」

珍しくしどろもどろになった玄武に、少女は澄んだ瞳を向けて瞬《まばた》きをした。

「……げんぶ…？」

鈴《すず》を鳴らすような声が訝しげに名を呼ぶ。だが、瞳は一点を見たまままったく動かない。

ごく近くにある少女の瞳は、玄武を見ているようで見ていなかった。焦点《しょうてん》があわないのだ。

ただ、玄武のほうを向いているというだけで。

盲目《もうもく》なのだ。なのに、隠形している神将の声を聞き、体《からだ》に触《ふ》れることができる。そんな真似《まね》は、相当の見鬼でなければ不可能だ。

しばらく怪訝《けげん》そうにしていた少女は、やがて何かを思いついたのか、ぱっと笑顔《えがお》を見せた。

「もしかして、水神《すいじん》さまのお使い？」


玄武と太陰が晴明に呼ばれたのは、午《うま》の刻をだいぶ過ぎた頃だった。

昌浩はいつものように出仕して、物《もの》の怪《け》と六合がついている。

命の危機をまぬがれた晴明は、一時とはくらべものにならないほど回復していた。

「だが、無理は禁物だぞ晴明。いくら復調したとはいえ、お前が高齢《こうれい》であるという事実にはなんら変わりがない」

重々しい口調で釘《くぎ》を刺《さ》す玄武に、晴明は同じく重々しい様子で頷いた。

「ふむ。心によおく留め置こう」

彼らの傍《かたわ》らでそれを聞いていた天一が、そっと袖《そで》の下《した》に隠した笑《え》みを嚙み殺《ころ》す。

言葉とは裏腹に、目が笑っている。

そんなところにも復調の兆《きざ》しを見出《みいだ》して、天一は心の底から嬉《うれ》しく思っていた。

「それで、わたしたちに何をさせたいの？　晴明」

首を傾《かし》げる太陰に、玄武も同様の視線を主《あるじ》に向ける。

晴明は手にした檜扇《ひおうぎ》で膝を叩《たた》き、うむと頷《うなず》いた。

「ちと、気になる夢を見てな」

「夢？」

問い返す太陰に応じて、晴明は文台の横に据《す》えられた六壬式盤《りくじんちょくばん》を眺《なが》めやった。

何かしらの占が行われた形跡《けいせき》がある。だが、玄武や太陰にはその結果は読み取ることができない。ずっと晴明の傍らに控《ひか》えていただろう天一は、その占を間近で見ていたことになるが、彼女とて結果を読めるわけではない。

冬の空より淡《あわ》い色の瞳が尋《たず》ねるような光を宿し、老人に向けられている。

そんな天一の視線を一瞬見返し、晴明は子どもの姿をした神将たちに言った。

「占じたはいいが、明確なものが一向に摑めん。だが、手がかりになりそうなものは幾《いく》つか視《み》えた」

あげられた蔀《しとみ》の向こうをついと見やって、檜扇の先を空へ向ける。

「少し、調べてきてほしい」


晴明にそう命じられ、安倍邸《てい》を出たのが一刻ほど前だ。

占じている最中に視えたという邸《やしき》と、小さな子ども。

老人の夢には、助けを求めるか細い声が聞こえたということだった。

大概《たいがい》において、陰陽師《おんみょうじ》の見る夢には意味がある。昔の記憶《きおく》をたどるだけの夢だったとしても、それを見たのが陰陽師ならば必ず大きな意味を持つのだ。

もっともそれは、有能な陰陽師に限られることなのかもしれないが。

「…………っ」

そんな思惟《しい》が脳裏《のうり》を駆《か》けめぐったのは、現状が彼の平常心をはるか彼方《かなた》に吹《ふ》っ飛ばしたからにほかならない。

生ける彫像《ちょうぞう》と化した玄武の顔を、少女は相変わらず撫《な》で回している。

固まった玄武では埒《らち》が明かないと考えた太陰は、そろそろと少女に語りかけた。

「あの……あなた…、わたしたちの声、聞こえるの？」

少女の手が玄武の頬に添《そ》えられたまま止まる。

太陰の声を頼《たよ》りに動かない瞳が彷徨《さまよ》って、白い面《おもて》が仄《ほの》かに微笑《ほほえ》んだ。

「そちらにいらっしゃる方も、水神さまのお使いなのですね？」

少女の手が玄武の顔から離《はな》れて太陰を捜すようにのばされる。太陰は慌《あわ》てて簀子に降り立ち、彼女の手を取った。

「水神様、というのは……」

言いかけた太陰を、玄武がさえぎった。

「待て」

玄武の目許《めもと》に険が宿る。同時に、不穏《ふおん》な気配が音もなく湧《わ》き上がった。

それをも感じ取った少女は、はっと身をすくませて怯《おび》えたように顔を歪《ゆが》ませた。

対屋の前に、暗い影が生じ、その中から得体の知れない異形のものが這《は》い出ようとしていた。

「太陰」

少女を背にかばうようにしている玄武に頷いて、太陰はふわりと浮き上がった。

彼女の体が神気《しんき》に包まれ、通力《つうりき》が風の形を取る。

形容しがたい咆哮《ほうこう》を轟《とどろ》かせた異形が対屋に飛び上がってこようとするのを、太陰の放った竜《たつ》巻《まき》が叩き落とした。

「寄るんじゃないわよっ！」

怒号《どごう》に異形の叫《さけ》びが重なり、耳をつんざく。

放たれた妖力《ようりょく》を、玄武が瞬時《しゅんじ》に織り成した障壁《しょうへき》が遮断《しゃだん》した。漂《ただよ》う妖気《ようき》を感じ取り、玄武は怪訝そうに眉《まゆ》をひそめた。

「……水気《すいき》…？　この妖は……、っ」

何かが背に触れる。反射的に背後を顧《かえり》みようとした玄武の背の帯を、少女が摑《つか》んだ。

帯から震《ふる》えが伝わってくる。

かたかたと小刻みに揺《ゆ》れる肩を見て、玄武は咄嗟《とっさ》に言葉に窮《きゅう》した。何か声をかけてやらなければと思うのに、うまい言葉が見つからない。

「そ、その…」

「失《う》せろ――――っ！」

怒号一発。太陰の叩き落とした竜巻が、異形を粉砕《ふんさい》した。

微塵《みじん》となった妖の妖力の残滓《ざんし》も消えると、少女はようやくそろそろと顔をあげた。

見えない目をそれでも彷徨わせて、怖《こわ》いものがいないかどうかを探《さぐ》っている。

「もう心配はない。異形のものは我らが退けた」

ようやくそれを告げた玄武に顔を向けて、少女は首を傾《かたむ》けた。

「ほんとう、に？」

「我は嘘《うそ》は言わん」

断言する玄武に、少女はようやくほっとしたような笑みを見せた。

彼女が安堵《あんど》したのを確認《かくにん》して、玄武も肩《かた》の力を抜《ぬ》く。なるべくさりげない風を装って少女から離れようと試みたが、彼女の両手は帯を握《にぎ》ったままだ。

くいくいと引っ張られているのを感じた少女が訝《いぶか》るように瞬《まばた》きをする。

「……その、離して、もらえないだろうか」

無理に振《ふ》り払《はら》うのは非道な気がして、怒《おこ》っているような困っているような表情で言った。

彼女は素直《すなお》に帯を離し、再びついと指をのばしてきた。指先が頬《ほお》に触《ふ》れて、玄武はまたもや固まった。

「……な、なにを……っ」

か弱い少女に強く出るわけにもいかず、さりとて逃《に》げることもできず、玄武はしどろもどろになっている。

対する少女は嬉しそうに笑った。見えない目で玄武を覗《のぞ》き込もうとするように、ぎりぎりまで顔を寄せる。

「やっぱり水神さまのお使いなのね。だって汐《しお》を守ってくださったわ」

「は……？」

動揺《どうよう》しているのか耳まで赤くして逃げ腰《ごし》になる玄武を、太陰は珍《めずら》しいものを見る気分で傍観《ぼうかん》していた。

十二神将玄武といえば、子どもの形をしながら誰に対しても厳格な口調で尊大な態度をくずさない。それが、人間の少女に明らかに翻弄《ほんろう》されている。

「……明日、あられでも降るんじゃないかしら…」

感嘆《かんたん》する太陰に、玄武は先ほどから目で助けろと訴《うった》えている。しかし、浮遊《ふゆう》して空模様を確認している太陰は、その視線にまったく気づかなかった。


戻《もど》ってきてからずっと怒っているらしい玄武は、顔に不機嫌《ふきげん》と書いてあるのも同然の表情で正座していた。

その後ろに胡坐《あぐら》を掻《か》いた朱雀《すざく》と白虎がいて、同胞《どうほう》の様子を眺めていた。

大体の経過は先ほど玄武自身から晴明に報告がなされ、ふたりはそれを真横で聞いていた。

玄武は簡潔に述べたが、漏《も》れはなかったはずだ。しかし、彼がこれほど怒る理由は報告内容には見受けられなかった気がする。

「おい太陰、何かあったのか?」

同行した太陰に水を向けたが、太陰は本気で不思議がって首を振る。

「別に何もないわよ? さっき玄武が言っていたように、晴明の言ってた邸を見つけて、その姫君《ひめぎみ》に会って。妖はちゃんとやっつけたし、その子も無事だったし……」

一応指を折って報告するべきことを確認しながら答えた太陰は、ふと目をしばたたかせた。

「ああ、そういえばその子、目が見えないのよね。でもわたしたちのことちゃんとわかるみたいで」

「そうなのか?」

朱雀が目を丸くする。それは、先ほどの報告の中にはなかった項目《こうもく》だ。

「それはかなり重要事項だろう」

「あ、そっか。言われてみればそうだわね」

白虎の言葉に頷《うなず》いて、太陰はさらにつづけようとした。

「わたしたちの声が聞こえて、奥から出てきたのよ。それで玄武に…」

「太陰、それはもういい、晴明に報告したことだ!」

遮《さえぎ》るように語気を荒《あら》げ、玄武は立ち上がった。

「どこへ行く?」

尋《たず》ねる朱雀に、玄武は肩越《かたご》しに一瞥《いちべつ》を投げかけた。

「なんとなく妙《みょう》な予感がすると晴明が言っていただろう。汐姫《ひめ》のところだ」

それだけ言い置き、玄武は隠形してしまった。そのままあの邸に向かったのだろう。

朱雀と白虎は思わず顔を見合わせた。

「……玄武にしては珍しい言動だな」

「太陰、そのあとどうなった」

白虎の隣《となり》に腰を下ろして太陰は膝《ひざ》を抱《かか》えた。

「あの子が玄武に、水神さまのお使いか、て訊《き》いたのよ」


一方、神足《しんそく》で都を駆《か》けながら、玄武は眉間《みけん》に深いしわを刻んだ。

自分は誇《ほこ》り高き十二神将であって、決して水神の使いなどではない。

――そう言っているのに、汐は取り合わなかったのだ。

光を宿さぬ目で無邪気《むじゃき》に玄武を見つめて、彼女は朗《ほが》らかに言った。

「だって、げんぶさまがまとっているのは水気。水神さまと同じです。水神さまが汐のもとにつかわしてくださったのでしょう?」

「水神など我は知らん」

「でも、水気を……」

訝る汐に、玄武は少々尖《とが》った声音《こわね》で返した。

「我は水将だ。水気をまとうのは当然のことだ」

「なら、やっぱり水神さまと同じだわ」

「…っ」

さすがに絶句する玄武に、汐は両手を胸の前で合わせて見えない瞳《ひとみ》を輝《かがや》かせた。

「お迎《むか》えまではまだときがあるから、危ないことのないように気遣《きづか》ってくださっているのですね」

意味がよく摑めず、玄武と太陰は不審《ふしん》げに顔を見合わせた。

水神さまだのお迎えだの、いったいなんの話なのだろう。

「……」

玄武が口を開きかけたとき、主屋からこちらに渡《わた》ってくる人影《ひとかげ》が見えた。

三十半ばほどの男性が血相を変えて駆けてくる。

「汐！　物音と獣《けもの》の叫びのようなものが聞こえたが、いったい……」

汐は嬉《うれ》しそうに声のしたほうを振り返った。

「お父さま」

玄武と太陰が簀子《すのこ》の端《はし》によけて様子を窺《うかが》っていると、父親は彼女の前に膝をついて娘《むすめ》の顔を両手で包むようにした。

「ああ、無事か、よかった」

そうして、怖々《こわごわ》といった風情《ふぜい》で辺りを見回す。

気配でそれを察したのか、汐は父の手に自分のそれを重ねて微笑《ほほえ》んだ。

「大丈夫《だいじょうぶ》。なにもいません。さきほど見えられた水神さまのお使いの方が、汐を守ってくださったの」

「我は使いなどではないと、何度も言っているだろう」

思わず玄武が反論するが、男はなんの力も持たない徒人であるらしく、彼の声が聞こえないようだった。笑顔《えがお》で頷いて、娘の頭を撫《な》でている。

「そうか、ならば案ずることは何もない。時がくるまで静かに暮らして、よくお仕《つか》えするのだぞ」

「はい」

澄《す》んだ声がはっきりと響《ひび》く。

ふたりの会話の意味がどうしても見えない太陰と玄武は、怪訝《けげん》そうに視線を交《か》わした――。

「まったく……」

目指す邸《やしき》が見えたところで立ち止まり、玄武は頭《かぶり》を振った。

晴明に報告したのはそこまでだ。

父親に促《うなが》された汐は、名残惜《なごりお》しそうな顔で玄武たちのほうを一瞥したが、黙《だま》って対屋に入っていった。

父親が対屋から出るのを待って、汐《しお》ともう一度接触《せっしょく》するべきかふたりは思案した。が、不穏《ふおん》な気配といったものも特に感じなかったので、一旦《いったん》安倍邸《てい》に戻ったのだった。

すでに夜の帳《とばり》がおりているが、神将である玄武は人間よりも夜目が利《き》く。昼日中《ひるひなか》と同じように見とおすことができるので、時刻は大した問題にならない。

もう少ししたら、人間たちは就寝《しゅうしん》するはずだ。

「……家人が全員就寝するまで、屋根の上にでも留まっているべきか」

彼女は神将の気配を察知する力を持っている。近くに行ったら気づいて出てきてしまうかもしれない。

目が見えないから確認《かくにん》するために手をのばしてくるのだろうが、触《ふ》れられると理由もなく全身が強張《こわば》って、動けなくなる。心臓が跳《は》ね上がって全力疾走《しっそう》したせいで、我ながら珍《めずら》しいほどうろたえてしまった。頭に血がのぼるとは、きっとあれをいうのだ。

人間の幼い姫相手に随分《ずいぶん》な失態だったと、玄武は苦い顔をした。

「あのように動悸《どうき》がしては、冷静さを欠いてしまう」

もし次があったら、触《さわ》らないように言い聞かせなければ。

「うん、そうしよう。それで万事解決だ」

自分の思いつきに満足そうに頷いて、玄武は邸を取り囲む木塀《きべい》を軽く跳躍《ちょうやく》して越えた。

敷地《しきち》に片膝《かたひざ》をついて降り立った玄武は、注意深く様子を窺った。

奇妙《きみょう》に涼《すず》しい。塀を境に、気温が低くなっている気がする。

水の気配が通常よりも強いように感じられて、玄武は訝《いぶか》った。

「……水気が…？」

ふと、汐の言葉が思い出された。

――水神さまと同じです

「水神さまというのは、なんなのだ？」

立ち上がって気配を断《た》ちながら汐の住まいである対屋に向かう。

晴明から聞いたところによると、この邸に住んでいるのは中流貴族の父子と、幾人《いくにん》かの家人のみ。それほど裕福《ゆうふく》な家柄《いえがら》ではないのだ。母親は他界しているらしいとのことだった。

彼らの主は貴族から重用されているので、必然顔も広くなる。占術でつきとめた邸に住む貴族が誰なのかを調べるのもわけない。

対屋を囲むように水気が濃《こ》さを増している。水将である玄武にとっては水気は肌《はだ》になじんだものだが、ここに漂《ただよ》うそれに彼は奇妙な違和感《いわかん》を覚えた。

「……眷属《けんぞく》が違《ちが》うにしても、これは…」

同じ水将である天后《てんこう》にも確認してもらったほうがいいかもしれない。自分の直感を信じていないわけではないが、それが万能でないこともわかっている。

彼らの主は夢を見た。陰陽師《おんみょうじ》の見る夢には意味があり、それから導き出された占がはずれたためしは一度としてない。だから今回も、必ず何かが起こっているのだ。

神妙《しんみょう》な面持《おもも》ちで、彼は晴明の言葉を思い出した。

——繰《く》り返し繰り返し、助けて、とな
晴明の夢に、姿なき者の助けを求める声が響いたのだという。晴明がいくら呼びかけても相手は姿を現さず、ただ振《ふ》り絞《しぼ》るような声で繰り返し繰り返し、助けてくれと訴《うった》えつづけた。

だが、それだけだ。それ以上の情報は何もない。にもかかわらず、この邸を探《さぐ》り当てて玄武と太陰を差し向けた晴明の霊視《れいし》力は、凄《すさ》まじいのひとことに尽《つ》きる。

玄武は息をついた。

つい先日まで晴明は、生死の狭間《はざま》を行き来していた。その危機は回避《かいひ》されたが、どうしても不安が拭《ぬぐ》えない。晴明自身は、天命まではまだ間があるよと穏《おだ》やかに笑うのだが。

「あまり、苦労を背負い込ませたくはないのだが」

人々は安倍晴明を頼《たの》みとして、最後は彼が何とかしてくれるだろうという無責任な期待を押しつける。期待どおりだったときは当然のようにそれを受け取り、期待はずれだったときには身勝手に非難するのだ。

陰陽師というのはそういう仕事なのだと、晴明の式神となってからの数十年でわかったつもりだったが、頭でわかっていても感情は別物だ。自分のことは自分でどうにかしろと、言いたくなる。

十二神将たちは皆《みな》、有象無象の貴族たちなどより、主である安倍晴明と彼が愛する安倍一族のほうがずっと重い存在だと思っているのだ。

だが、それを口にすると玄武の主はひどく困った顔をするので、胸のうちにとどめている。主はそれもお見通しなので、子どもの形をした神将の頭を、己《おの》れの孫にするように無造作に撫で回す。子ども扱《あつか》いをするなと何度言っても主はそれをやめない。そして玄武は、口ではそういいながら、そうされることが決して嫌《きら》いではなかった。

対屋の簀子を囲む高欄《こうらん》を飛び越える。音もなく着地して、玄武は周囲を見回した。

水気の満ちたこの場所は、その分気温が下がっているようだった。徒人ならばいささかの肌《はだ》寒《ざむ》さを覚えるだろう。

「助けてといわれても、いったい何をどう助ければよいのか……」

昼間の妖のようなものが、汐をたびたび襲《おそ》っているのだろうか。だが、もしそうならば彼女が無事であることがおかしい。

対屋に不穏な気配はない。

玄武は息をついて、軒先《のきさき》を見上げながら屋根にのぼるか否《いな》かを真剣《しんけん》な面持ちで思案した。

そんな彼の背に、澄んだ呼び声が届いた。

「げんぶさま？」

玄武は瞠目《どうもく》して反射的に振り返った。

ほんの少しだけ開いた妻戸の隙間《すきま》から、窺《うかが》うように背をかがめて首を傾《かたむ》けている汐の姿が見えた。

汐が近くにいることも、妻戸が開いたことも、まったく気づかなかった。

愕然《がくぜん》として言葉を失う玄武の許に、単衣《ひとえ》の上に衵《あこめ》を引っかけただけの汐が、嬉《うれ》しそうにやってくる。

手をのばして一歩一歩確かめるような足取りの彼女の手を、玄武は慌《あわ》てて取った。こんな暗がりで転ばれてはたまらない。

そう思った直後に彼女の目のことを思い出し、それが意味のない懸念《けねん》であると気づく。

誰が見ているわけでもないのに、玄武は気まずそうなそぶりで視線を彷徨《さまよ》わせた。

汐はそれを気配で察したらしい。ふいに足を止めて、怪訝そうに首を傾ける。

「げんぶさま、なにか怒《おこ》っていらっしゃるの？」

「別に、怒ってなどいない」

「でも、声が硬《かた》くて、気配がとげとげしく感じられます」

そんなことはないと反論しかけて、言葉を喉《のど》の奥に押し戻《もど》す。

彼女の、心の底から案じている風情《ふぜい》の表情が、玄武を黙らせたのだ。

しばらく沈黙《ちんもく》が降った。汐は玄武が口を切るのを待っているのか、動かない瞳《ひとみ》を彼に向けたまま黙っている。

根負けした玄武は、諦《あきら》めたように深々と息をついた。

「……夜風は体に障るものだ。早く母屋に戻って寝《やす》め。またあの妖のような輩《やから》が襲ってこないとも限らないのだし」

玄武の言葉に、汐はにこりと笑って見せた。

「大丈夫《だいじょうぶ》です。水神さまが守ってくださっているから。それに」

自分の手を取ったままの玄武の指を、彼女の細い指がそっと握《にぎ》る。

「げんぶさまもいらっしゃるから、何も心配するようなことはありません」

虚《きょ》を衝《つ》かれた玄武の瞳を、汐は残念ながら見ることはできない。だが、彼がそんな顔をするのは実に珍しい。同胞《どうほう》たちがこの場にいたなら、後々まで語り草にしただろう。

汐の手を払《はら》うこともできず、玄武は口の中でもごもごと何かを言うと、空いた手で苛立《いらだ》ったように髪《かみ》を掻《か》きあげた。

「…その」

「はい？」

小首を傾《かし》げる汐に、玄武は困ったような声音《こわね》で告げた。

「手を、離《はな》してくれ。……座りたいのだ」

ようやく見つけた言いわけめいた言葉を、彼女は素直《すなお》に受け取った。

離れていく指に名残惜《なごりお》しさを感じて、そう感じた自分自身に戸惑《とまど》って、玄武は誤魔化《ごまか》すようにどかっと音を立てて簀子に腰《こし》を下ろす。

その隣《となり》に、汐がちょこんと並んだ。

「…………」

なぜ隣に座る……っ！

内心で動揺《どうよう》している玄武の様子には気づかぬ様子で、汐はにこにこと微笑《ほほえ》みながら玄武に顔を向けている。

「そろそろ、寝《やす》まなければならないのではないのか」

「はい」

「では、なぜ母屋に戻らないのだ」

「げんぶさまがお帰りになるのを、お送りしようと」

送られようにも帰るつもりのない玄武である。ここで帰ったらなんのためにこの邸《やしき》に再訪したのか。まったく意味がないではないか。

「我は、しばらくここに留まるつもりだ」

汐の表情がぱっと明るくなった。

「どれくらいいてくださるのでしょうか。水神さまもときおりおとずれてくださいますが、お姿を見せてはくださらなくて」

「時折訪《おとず》れる…？」

胡乱《うろん》げに問い返す玄武に汐はこくりと頷《うなず》く。

「あやかしが襲ってくると、水神さまが必ず助けてくださいます。でも、いつもちゃんとお礼を言う間もなく帰ってしまわれて……」

こんな風に、ちゃんと姿を見せて近くにとどまってくれることなど、いままで一度もなかった。

玄武は瞬《まばた》きをして、低く尋《たず》ねた。

「水神さまとは、お前のなんなのだ？」

汐は不思議そうに首を傾げた。知っているはずだと言いたげに眉《まゆ》を寄せかけたが、失礼があってはならないと思い直したのだろう。やわらかく目を細める。

「わたしが産まれたときに、この子は我が巫女《みこ》とするという託宣《たくせん》がくだったのです。七つになったらひとの世から神の住まう地に上がらせると」

「なん…だと……？」

突拍子《とっぴょうし》もない話だと思った。水神といってもいろいろな神がいる。貴船の祭神高龗神《たかおかみのかみ》とて大まかに分類すれば水神だ。

どこの、なんの水神がそんなことを言ったのだろうか。

しかし。なるほど、そういうことならばこの邸を囲むような水気にも納得《なっとく》がいく。その水神とやらが神意を示しているのだ。

この大和《やまと》は八百万《やおよろず》の神の宿る地だ。名もなき神もあまた存在している。玄武の知らない水神がいたとしても不思議はない。

「水神さまの託宣を受けたためなのか、わたしをねらって恐《おそ》ろしいあやかしが、なんども襲ってきました。でも、そのたびに水神さまが守ってくださったのです。そういうものを減らすために、わたしのことは誰にも話してはならないと水神さまがおっしゃって」

だから、父親と邸の家人以外、彼女の存在を知らない。彼女は産まれた直後に母親とともに息を引き取ったことになっているのだと。

七つの春に巫女としてここから消えるとき、家族以外の誰も困らないように。

父親は最初は渋《しぶ》っていたということだが、異形のものから何度も娘《むすめ》を救った水神にいまは感謝し、時がくるまで巫女を預かっている気持ちになっているらしかった。

お前はきっと、なんらかの理由でひとの親をもって生まれた神の眷属《けんぞく》なのだろう。だから、そのときになったら喜んで行きなさい。

そう娘に言い聞かせて、娘もそれを素直に受け入れている。

「年が明けたら七つです。それまでは水神さまではなくげんぶさまが汐を守ってくださるのですか？」

水神の残した水気に囲まれて、誰の目にも留まらぬようひっそりと生きてきた少女は、無邪《むじゃ》気《き》に尋ねるのだった。

答えに窮《きゅう》した玄武は、別の話題を持ち出した。

「そ、それより…」

「はい？」

「尋ねたいことがあるのだが」

「はい、なんなりと」

玄武を信頼《しんらい》しきっている様子で、汐は頷く。

「その、お前はなぜ、我の顔に触《ふ》れたのだ」

汐は見えない目をしばたたかせて、にこりと笑った。そうして、ついと両手をのばし玄武の頬《ほお》に触れる。

「……っ」

硬直《こうちょく》する玄武の顔に触れたまま、彼女は口を開いた。

「わたしは目が見えないので、さわらないと、どんな顔をされているのかがわからないのです」

相手が黙《だま》ってしまうと、誰なのかすらもわからなくなる。だから、手で指で見てみなさいと、父から教えられた。

「一度さわれば、ちゃんとおぼえられるのですよ。げんぶさまは、あたたかくて優《やさ》しいお顔をされています」

瞬《まばた》くことも忘れたようにして、玄武は汐をじっと見つめる。だが、彼女はそんな玄武の目を見返すことは決してできないのだ。

「……優しいなどといわれたのは、生を受けてより初めてだ」

幾星霜《いくせいそう》のときを生きてきたが、常に不遜《ふそん》で尊大な玄武の態度と面差《おもざ》しをそんなふうに表した者はいない。同胞たちとて同様だし、玄武自身もそう考えていたので、それを疑問に思うこともなかった。

いま優しいなどといわれて、非常に面食《めんく》らっているのが本音だ。

だが、不快ではない。妙《みょう》にこそばゆくて面映《おもはゆ》いが、心が浮《う》き立つような、あたたかなものが胸を満たす。

不思議な姫《ひめ》だ。

見えないから己《おの》れの感じたことがすべてで、だから他者とはまったく違《ちが》う印象を素直に受け取ることができるのか。

玄武がいままでに会ったどの人間よりも、不思議で純粋《じゅんすい》な心の持ち主なのかもしれない。

「げんぶさまはお優しい方でしょう？」

屈託《くったく》なく問うてくる汐に、どう答えてよいものかと玄武は本気で考え込んでしまった。

「……優しいかどうかはわからんが……」

光を宿さぬ澄《す》みきった瞳《ひとみ》を見返す。

「優しくあれたらいいと、思う」

汐は目をしばたたかせた。玄武の顔に触れたままの指先で、口元や瞼《まぶた》の辺りを確かめるようにして、仄《ほの》かに笑った。

「はい」

「……………ところで、汐よ」

「はい？」

困り果てた声音《こわね》で、玄武はつづけた。

「いい加減、我を解放してくれ……」

こんなに間近に顔があると、不必要に緊張《きんちょう》して仕方がない。

ようやく汐の手が離《はな》れたので、玄武は気づかれないように盛大にため息をついた。鼓動《こどう》がやけにうるさい。

立ち上がって、玄武は汐を促《うなが》した。

「そろそろ寝《やす》め。夜は眠《ねむ》るものだ」

「でも、げんぶさまは……」

気遣《きづか》うような少女の言葉に、玄武は生真面目《きまじめ》な口調で返した。

「心配はいらん。我は神将だ、徒人とは違《ちが》う。お前の身の回りに不穏《ふおん》な事態が起きぬよう、目を光らせておく」

しんしょうとはなんなのだろうと考えながら、汐はおとなしく従うことにした。

腰《こし》を上げようとした汐に玄武が手を貸そうとしたとき、対屋を囲む水気が一変した。

刺々《とげとげ》しく冷たい鋭《するど》さに豹変《ひょうへん》し、波濤《はとう》のうねりのように蠢《うごめ》いたかと思うと、夜闇《よやみ》の中から幾《いく》つもの異形が出現する。

重々しい咆哮《ほうこう》を轟《とどろ》かせた異形たちが、玄武と汐めがけて一斉《いっせい》に飛びかかってきた。

玄武は咄嗟《とっさ》に汐を背後にかばった。

「げんぶさま……！」

恐怖《きょうふ》に身をすくませた汐がか細い声で玄武を呼ぶ。

「波流壁《はりゅうへき》！」

水の波動が集約し、ふたりを囲む不可視の壁《かべ》を作り出した。突進《とっしん》してきた異形たちは、その繊細《せんさい》で強靭《きょうじん》な壁に阻《はば》まれて、危害を加えることができない。

異形たちは苛立《いらだ》ちと怒《いか》りに任せて吠《ほ》え立てる。

それを聞いた汐が、華奢《きゃしゃ》な体をかたかたと震《ふる》わせていた。妖気《ようき》を鋭敏《えいびん》に感じ取り、咆哮をその耳で捉《とら》えることができる彼女にとって、目で見ることができないという恐れはいかばかりなのだろうか。

なんとかして異形たちを退けなければならない。

だが。

玄武は唇《くちびる》を噛《か》んだ。彼は、強靭な防御《ぼうぎょ》の壁を作り出すことはできても、敵を打ち破る攻撃《こうげき》の術を何ひとつ持っていないのだ。

異形たちは波流壁に突進を繰《く》り返す。どれほどそうしても、玄武の力は奴《やつ》らを通さない。そうやっていれば奴らのほうが力尽《ちからつ》きていくだろう。それまで持たせれば問題ないはずだ。

しかし、それまで耐《た》えろとは、か弱い人間の少女には言えない。

憎悪《ぞうお》に燃える異形の放つ妖気が鋭さを増していく。漂《ただよ》うそれを感じた玄武は、ふいに眉《まゆ》をひそめた。

「……水気…？」

彼の呟《つぶや》きを異形の怒号《どごう》が掻《か》き消《け》す。玄武の帯を摑《つか》んだ汐が、びくりと身をすくませるのが伝わってきた。

汐を肩越《かたご》しに一瞥《いちべつ》した玄武は異形を睨《にら》んで歯嚙《はが》みした。

自分には、ただじっと守る力しかない。ときとしてそれは、何よりも無力なのではないのか。

拳《こぶし》を握《にぎ》り締《し》めた玄武は、神気を感じてはっと目を見開いた。

荒《あ》れ狂《くる》う異形たちのただなかに、長身の影《かげ》が降り立った。

背負っていた大剣《たいけん》を無造作に馬手《めて》で振《ふ》り上げ、十二神将朱雀は異形たちを睥睨《へいげい》した。

「やかましいことこの上ない化け物どもだな」

剣呑《けんのん》に言い放つと同時に、飛びかかってきた異形を大剣の一閃《いっせん》で真っ二つに叩《たた》き斬《き》る。

朱雀の全身から放たれる炎《ほのお》の闘気《とうき》が切断された上体と下体を包み込み、一瞬《いっしゅん》で灰と化した。

新たな敵に標的を切り替《か》えた異形たちは、朱雀に攻撃を仕掛《しか》けていく。それを次々に倒《たお》していく同胞《どうほう》を、玄武は半《なか》ば呆然《ぼうぜん》と見つめた。

「……朱雀……」

「玄武、その姫とあちらは任せたぞ」

異形の攻撃をかいくぐりながら朱雀が視線を投じた先に、物音を聞きつけた父親が渡殿《わたどの》を駆《か》けてくる姿があった。

一匹《ぴき》の異形がそれを目ざとく見つけて身を翻《ひるがえ》す。

高らかに吠え立てる異形の威嚇《いかく》に男の足が縫《ぬ》いとめられたように止まった。

立ちすくむ男に突進する異形の動きを、玄武の放った通力が網状《あみじょう》に広がって捕縛《ほばく》する。地表に押しつけられた形でもがいている異形を、朱雀の大剣が両断した。

そのときになって玄武は、同胞があえて徒人にも己れの姿を見せていることに気づいた。

異形を殲滅《せんめつ》させた朱雀が大剣を背に戻《もど》す。そのまま大剣が空気にとけるように消える様を、男は呆然と見つめていたが、はっと我に返った。

「汐！　汐、無事か⁉」

簀子にたたずむ娘《むすめ》を認めて駆け寄ってくる男の前に、玄武は同胞に倣《なら》って顕現《けんげん》した。

突如《とつじょ》として出現した子どもの姿に、男ははっと足を止める。

「……む、娘を…」

どうするつもりだ、と言いかけた父を、汐がさえぎった。

「お父さま、こちらは水神さまのお使いの方です」

不意に、風が吹《ふ》いた。

玄武が視線を向けると、夜空に浮かぶ白虎の姿があった。どうやら彼が朱雀を風に乗せて運んできたようだ。

「玄武、姫を寝ませろ」

「朱雀？」

朱雀は父親に向き直った。

「お前に尋《たず》ねたいことがある」

明らかに人外の存在に鋭利《えいり》な目で見据《みす》えられ、男は青い顔で硬直《こうちょく》している。

張り詰《つ》めていく空気を感じて強張《こわば》っている汐の手を取り、玄武は言い聞かせた。

「もう夜半に近い時刻だ、寝め」

「ですが…」

「案ずるな。我らはお前にも、お前の家族にも、危害を加えたりなどはせん」

汐はしばし逡巡《しゅんじゅん》するそぶりを見せたが、こくりと頷《うなず》いて、そろそろと対屋に戻っていった。

彼女が茵《しとね》にもぐりこむのを気配で確かめた玄武は、対屋を囲む結界を創生した。

たとえ新たな敵襲《てきしゅう》があっても、この結界があれば心配はない。

敷地《しきち》内を満たす水気を険しい様子で窺《うかが》い、玄武は朱雀とともに父親と対峙《たいじ》した。

官人なのだろうが、藤原一門ではないはずだ。さほど身分が高くもないということだった。

渡殿に立っている男に向けて、朱雀が口を開いた。

「水神とはなんだ？」

白虎の風がふたりを取り巻くようにするのを感じて、玄武はちらと上空を見やった。男の言葉をそのまま晴明に伝えるつもりのようだ。

男は強張った表情で朱雀と玄武を窺うように見返した。

「あなた方は、水神さまの使いの方ではないのか？」

「違う、我らはそのようなものではない」

安倍晴明の式神だと名乗ることも考えたが、なぜ安倍晴明がと勘《かん》ぐられても面倒《めんどう》なので、それは伏《ふ》せておくことにする。

「先ほどの異形の群れ……」

いまは何も残っていない場所を肩越しに顧《かえり》みて、玄武は眉を寄せた。

「あのようなものが、幾度《いくど》となく汐を襲《おそ》っていると聞いた。そのたびに水神が守ってくれている、とも」

それは初耳の朱雀が軽く目を瞠《みは》る。彼は、何ごとかが起こる予感がしているので玄武の許に向かってほしいという晴明の命に従ってここを訪《おとず》れたのだ。彼が到着《とうちゃく》したときには異形どもが暴れていたので、玄武と汐を守るために一掃《いっそう》したに過ぎない。玄武は防御の力には長《た》けているが、攻撃の術をまったく持っていないのだ。

「だが、先ほど襲ってきた異形どもは、この敷地に漂う水気と同質の気を放っていた」

玄武の言葉に、朱雀だけでなく男も息を呑《の》んだ。

「なん……っ！」

「玄武、それは間違《まちが》いないのか？」

朱雀の確認《かくにん》に、玄武は真剣《しんけん》な面持《おもも》ちで頷く。

「昼間の異形もまたしかり。同じ気を持つものがなぜ汐を襲うのか。我には、水神とやらが己《おの》れの力を誇示《こじ》するためにかりそめの異形を作り出し、汐を襲わせているように思えてならん」

男は真っ青になった。

「そんな……まさか……！」

ふいに男の膝《ひざ》が砕《くだ》けて、渡殿に崩《くず》れ落ちる。額に手を当てて、彼はこれまでに起こったことを必死に思い返しているようだった。

「質問を変えよう」

厳《おごそ》かに口を開く朱雀を、男は胡乱《うろん》げに見返す。朱雀は腕《うで》を組んだ。

「水神とやらが汐姫を巫女《みこ》にと望んだ、そこにいたった経緯《けいい》を話せ。俺はそこから既《すで》に怪《あや》しいと踏《ふ》んでいる」

「というと？」

怪訝《けげん》そうな玄武に、朱雀は一瞥を投げかけた。

「水神の姿に身をやつした別のものが、黒幕なんじゃないのか、とな」

もっとも、玄武の言葉を聞いてひらめいたので、自分の考えが正しいのかどうかは朱雀には自信がない。

そんな彼の耳の奥に、同胞の声が風に乗って流れ込んできた。

《いや、晴明も同感だと言っている》

安倍邸《てい》に待機している太陰が、白虎の送った風をそのまま晴明に伝えているのだ。そして、晴明の言葉を太陰が風に乗せてきた。

白虎の声は玄武の耳にも届いていた。彼は身を乗り出して男に詰め寄《よ》った。

「水神とやらはなんなのだ？」

子どもの形にはそぐわない尊大な物言いと鋭《するど》い眼差《まなざ》しに気圧《けお》されて、男はぽつぽつと語りだした。

白虎の送ってくる風を受けた太陰が、それをそのまま晴明に伝える。

「なるほど、そういうわけか」

低く呟《つぶや》く晴明の傍《かたわ》らに控《ひか》えた天一《てんいつ》は、気遣《きづか》うようにして主の横顔を見つめた。

晴明は六壬式盤《りくじんちょくばん》に手をのばした。

「──太陰、天一」

真剣な声音《こわね》に、太陰の背筋が無意識にのびる。天一も同様だ。

「すべてを踏まえた上での占の結果を玄武たちに伝えよ。天一は朱雀たちの許へ。汐姫の護衛を任せる」

「わかったわ」

頷く太陰のあとを、天一が引き取った。

「承《うけたまわ》りました」

太陰の風が晴明の占を伝えるとほぼ同時に降り立った天一は、対屋の簀子に端座《たんざ》して同胞たちに微笑《ほほえ》んだ。

「この場は私にお任せください」

「だが……」

ためらう風情《ふぜい》の玄武の肩《かた》を、朱雀が叩《たた》く。

「案ずるな。俺の天貴《てんき》が汐姫を守る」

自分よりよほど長身の同胞《どうほう》のくすんだ金の瞳《ひとみ》が笑った。

玄武は朱雀と天一を交互《こうご》に見やって、唇《くちびる》をきゅっと引き結んだ。

《晴明の示した地に飛ぶぞ》

上空に浮《う》かぶ白虎がふたりを促《うなが》す。一拍後《いっぱく》にはふたりの体は風にさらわれていた。

金色の長い髪《かみ》が大きく翻《ひるがえ》り、風の唸《うな》りが邸《やしき》を囲む水気を吹き飛ばした。重く澱《よど》んだ水気が消えた敷地内は、夜闇に染まっていながらそれまでよりもずっと、清々《すがすが》しく明るい印象に変わっていた。

蔀《しとみ》の隙間《すきま》から風が入り込んだため、御簾《みす》があおられて揺《ゆ》れる。几帳《きちょう》も風をはらんで音を立て、それが静まった頃《ころ》に妻戸がそっと開いた。

「……げんぶさま…？」

眠《ねむ》りの淵《ふち》から引き戻《もど》されてしまった汐が、そろそろと顔を出す。

動かない瞳が玄武を捜《さが》しているのを認めて、天一は仄《ほの》かに微笑んだ。

「玄武は少しはずしています」

「……だあれ？」

妻戸の陰《かげ》に隠《かく》れるようにしながら問うてくる幼い姫《ひめ》に、天一は穏《おだ》やかに答えた。

「玄武の同胞……友人のようなものですよ」

白虎の風に乗って天を翔《かけ》ながら、玄武は苛立《いらだ》ちを隠しきれずに唇を噛《か》んでいた。

汐が産まれたその直後に、彼女の母親は息絶えた。とても美しいひとで、いずこかの巫女筋の血を引いていたらしく、不思議な力を持っていたのだそうだ。

最愛の妻の弔《とむら》いを済ませた男は、忘れ形見となった赤子を抱《だ》いて悲嘆《ひたん》にくれていた。

もともと男は肉親の縁《えにし》が薄《うす》く、両親も既になかった。数人の家人は先代から仕《つか》えてくれている者たちばかりでみな年老いている。

母を亡《な》くした我が子が不憫《ふびん》だ。そう涙《なみだ》していたときに、妻の遺《のこ》した鏡がかたかたと音を立て、鏡面に何かが映り、声が響《ひび》いた。

——その娘《むすめ》は、我が眷属《けんぞく》

同時に、恐《おそ》ろしい異形の唸りが木霊《こだま》し、蔀や妻戸に体当たりをするような衝撃《しょうげき》があった。

異変を察した赤子が泣き出すのを懸命《けんめい》にあやしながら恐怖《きょうふ》に脅《おび》える男の耳に、先の声が再び忍《しの》び込む。

――いずれ我が許に返すならば、それまで守ってやろう

男は何の力も持たない徒人だった。そのときにはただ助かりたい一心で、娘を守りたい一心で、ときが来たら返すと誓《ちか》い、異形は退けられた。

それからというもの、幾度《いくど》も異形の群れが汐を襲《おそ》い、水神がそれを阻《はば》んで汐を守っているのだという。

だが、男はこうも言った。

『私があの子を手放したくないと思うと、それを見透《みす》かしたように異形が襲ってくるのです』

水神の眷属が人間とともにあるからこのような事態が起こるのだ。ならば、神の加護から完全に離《はな》れる七つの春に、水神の許につかわそう。

別れがたくならないように、物心つく前から汐にはすべてを伝え、言い聞かせた。お前は七つになったら水神の許に行くのだ。それは決して悲しいことではない。それがお前のさだめなのだ、と。

父の言葉を娘は信じた。

『あの子の目が光を持たぬのは、生まれるところを誤ったからだと水神様から聞かされました。

人の世を離れれば、あの子の目は光を取り戻すのだと……』

だが、それが叶《かな》ったときにはあの子はここにはもういない。だからこそ、その手で指で、この父の顔を覚えておいてくれと願っていたのだった。

玄武は険しい顔をする。

細く白い指が確かめるように触《ふ》れるのは、覚えていたいからだ。決して忘れないように指先に全神経を集めて、心に面差《おもざ》しを刻むためだ。

色のない世界で生きる彼女には、聞くものと触れるものだけがすべてだった。

「あの沼地《ぬまち》だ」

白虎の指が示す先を見下ろして、玄武は気を引き締《し》めた。

沼《ぬま》のほとりに降り立った三人は、隙《すき》なく構えながら辺りの様子を窺《うかが》った。

重く澱んだ水気が満ちている。これは汐の邸に充満《じゅうまん》していたものと同じ。そして、襲ってきた異形の放っていたものとも。

「間違《まちが》いない。……あの異形は、水神とやらの眷属」

断言する玄武に頷《うなず》き、朱雀が大剣を掲《かか》げる。

「辺り一面を焼《や》き払《はら》って燻《いぶ》り出すか？」

朱雀の炎《ほのお》は浄化《じょうか》の一面もあるが、騰蛇同様すべてを焼き尽《つ》くすこともできる。騰蛇の炎は地《じ》獄《ごく》の業火と評されるが、それはその威力《いりょく》があまりにも甚大苛烈《じんだいかれつ》で、あとに何も残さないからだ。

最近になってから、玄武はようやく、螣蛇とて好きこのんで最凶《さいきょう》の称号《しょうごう》を有しているわけではないのだと、思うようになった。晴明とその後継《こうけい》との関《かか》わりが、彼らに変化を与《あた》えていることは間違いない。そしてそれは、十二神将にとって良い傾向《けいこう》なのだろうと玄武は考える。

そのようなことを何かの折に勾陣《こうちん》に語ったところ、彼女は薄く笑って玄武の頭をわしゃわしゃと撫《な》でた。子ども扱《あつか》いをするなと文句を言っても彼女はそれをやめなかった。どうも自分は誰も彼もに子ども扱いをされることが多くなっている。それはあまり良くない傾向だ。

「無関係の生き物にも被害《ひがい》が及《およ》ぶだろう、それは避《さ》けたい」

朱雀をたしなめるような目をする白虎に頷いて、玄武が水際に立った。

「では、我がおびき出す」

水将玄武は水気を自在に操《あやつ》る。

彼の放つ通力が水と共鳴し、異質なものをはじき出す。

「白虎、朱雀、水神とやらは任せるぞ」

彼らは確信している。

汐を奪《うば》い取ろうとしているものは、決して水神などではない。

水神の名をかたり、同じ気配を持つ異形のものにわざと襲わせてあの父子の信用を得た。父親の心に疑念が生じるたびに異形を放ち、汐を守ってみせることで父親を納得《なっとく》させせつづけた。

そうやって、ひとりの少女の心を命を閉じ込めて、未来を奪おうとするものが神などであるはずがない。

玄武の通力が迸《ほとばし》り、沼が大きく波打つ。充満している水気が、玄武の放つ清冽《せいれつ》な神気に押し流され、黒く澱んだ存在を浮かび上がらせた。

「そこか!」

朱雀と白虎が臨戦態勢をとる。

同時に、水面から闇色の異形たちが次々と飛び出し、一斉《いっせい》に飛びかかってきた。

反射的に異形たちを阻む壁《かべ》を造ろうとした玄武の耳朶《じだ》を、朱雀の叫《さけ》びが叩いた。

「いい、お前は大本《おおもと》を捕《と》らえろ!」

その言葉が終わらぬうちに、白虎の放った鎌鼬《かまいたち》が駆《か》け抜《ぬ》ける。

切断された仲間を飛び越えて牙《きば》を剝《む》く異形の群れを、朱雀の振《ふ》りかざす大剣が次々に斬《き》り落としていく。

雑魚《ざこ》をふたりに任せた玄武は、水気に巧妙《こうみょう》に隠された妖力の源を探《さぐ》った。

沼の中央に、ひときわ強い念を発するものがいる。

「あれか…!」

水面を駆ける玄武を阻もうと、異形が縦横無尽《じゅうおうむじん》に襲ってくる。それを白虎の風が撥《は》ね除け、朱雀の通力が粉砕《ふんさい》した。

沼のちょうど中央にたどり着いた玄武は、水底から泡《あわ》とともに浮かび上がってくるどす黒いものを認めた。それは黒く澱んだ水と土砂《どしゃ》と、ぼろぼろになった墨染《すみぞめ》の衣《ころも》をまとった人骨だった。

「この衣は…修験《しゅげん》の者か…？」

訝《いぶか》る玄武に、泥《どろ》に汚《よご》れた髑髏《どくろ》がけたけたと笑った。

『邪魔《じゃま》をするなよ、がきが…！』

唸《うな》りとともに吹《ふ》き出した怨念《おんねん》が、玄武に叩《たた》きつけられる。そのあまりの激しさに、玄武は後
方へ数丈押しやられた。ざざっと飛沫《しぶき》を上げる水面に二本の筋が刻まれ、波に掻《か》き消《け》される。

「玄武！」

水面を駆けてきた白虎が小柄《こがら》な体を受け止める。その隣《となり》で朱雀が、金色の鋭利《えいり》な眼光を髑髏
に据《す》えていた。彼が手にした大剣に、炎の闘気《とうき》が渦《うず》を巻いている。

波打つ水面の上に立った一同は、ひとの成れの果てと対峙《たいじ》した。

「水神の名をかたり、あの親子を惑《まど》わせたのはなぜだ⁉」

けたけたと笑っていた髑髏のくぼんだ眼窩《がんか》に、怪《あや》しい緑色の光がぼうと点《とも》った。

『あれは俺のもの、あの女の子どもだから、俺がもらう』

「なんだと？」

がちがち鳴る歯の音が絶えず響く。緑の光がますます強さを増した。

『俺のものだったのに、あんな男の子を産んで、死んだ。憐《あわ》れな女、憎《にく》い子ども。だが子ども

は女の血を引いている。だから……』

白骨化した指がついと沼底を指す。

無数の泡が水面に生じ、盛り上がった水の中から念の網《あみ》に捕らえられた女が浮《う》かび上がった。

透《す》き通る女は、生者ではない。

玄武は瞠目《どうもく》した。

女の面差しは、光を宿さない瞳《ひとみ》を持つあの少女に酷似《こくじ》していた。

「汐の…っ！」

神将たちの耳の奥に、か細い声が聞こえる。

——助けてください、助けてください。どうかあの子を、この恐《おそ》ろしい者の手から……！

ふいに、女が苦痛に身を捩《よ》じらせる。声にならない悲鳴を上げているように唇《くちびる》が開く。おぞましい念の檻《おり》が力を増し、そこに髑髏の哄笑《こうしょう》が轟《とどろ》いた。

『憐れな女、愚《おろ》かな女、お前がどうあがこうと、誰も俺を阻むことはできん』

嘲《あざけ》りもあらわにけたけたと歯を鳴らす髑髏に一瞬《いっしゅん》、醜《みにく》く笑う狂気《きょうき》に染まった男の姿が重なった。

のびるに任せたざんばらの髪《かみ》を振り乱し、肉の削《そ》げ落ちた頬《ほお》は骨と皮ばかり。血走った両眼に常軌《じょうき》を逸《いっ》した光をみなぎらせた修験者が、念の檻に閉《と》ざされた女を好色の眼差《まなざ》しで凝視《ぎょうし》しているのだ。

『あれはお前が造ったもの、ならば俺のものだ。それを取り戻《もど》すことのどこが悪い』

背筋に怖気《おぞけ》が駆け上がり、玄武は息を呑《の》んだ。

「造った…だと…⁉」

どうしてか、無性《むしょう》に腹が立った。

無邪気《むじゃき》な笑《え》みが脳裏《のうり》をよぎる。

見えないから手で触れるのだといっていた。触れれば見えるから、と。光のない世界で生きてきた少女は、それを呪《のろ》うことも嘆《なげ》くこともせずに、静かに受け入れて精一杯《せいいっぱい》生きているのだ。

それを。

檻の中で、女が懸命《けんめい》に首を振る。

——いいえ、いいえ。そのような戯言《たわごと》を受け入れることが、どうしてできましょう
助けてください、私の娘《むすめ》を。そしてあの子の目に、光を取り戻してやってください。

朱雀が剣呑《けんのん》に唸った。

「まさか、姫《ひめ》が盲目《もうもく》となったのは、貴様の仕業《しわざ》か⁉」

修験者がくつくつと嘲笑《あざわら》う。それがすべての肯定《こうてい》を示していた。

かっとなった玄武は白虎の手を振り払った。

「おのれ、よくも…！」

醜い妄執《もうしゅう》で汐のさだめを歪《ゆが》めた修験者に向け、激しい憤《いきどお》りが湧《わ》き上がり胸中で荒《あ》れ狂《くる》う。ど

うしてこんなに腹が立つのか、その理由もわからないままに、玄武は怒号《どごう》した。

「許さぬぞ！」

通力が爆発《ばくはつ》した。玄武の力が迸り、泥に汚れた修験者をからめ捕る。

だが、そこまでだ。玄武には敵を倒《たお》す力がない。

悔《くや》しさに唇を噛《か》む玄武の肩《かた》を叩き、髑髏に切っ先を向けた朱雀が冷笑《れいしょう》した。

「妄執もろとも叩き斬れ。——それが、我が主の命だ」


力が欲しいと思うことはいままでにも幾《いく》度かあった。しかし、それは主を守りきれぬ悔しさに無力さを痛感した結果であって、戦うための力を欲《ほっ》したことはなかった。

朱雀の大剣《たいけん》が髑髏を粉砕する様を見ながら、玄武は初めて感じる無力さに打ちひしがれた。

「……ああ、見えたぞ」

白虎の風で汐の邸《やしき》に向かった一同は、眼下に目指した屋根を認めた。

物思いに沈《しず》んでいた玄武は、白虎の声ではっと我に返る。無意識に拳《こぶし》を握《にぎ》り締《し》めていたことに気づき、慌《あわ》てて手を開く玄武を、朱雀が静かに見ていた。

檻に捕らえられていた汐の母が、冥府《めいふ》に旅立つ前にすべてを語っていった。

ふわりと降り立った一同は、天一と、その隣に座した影《かげ》を見て目を剝いた。

「な…っ！」

困惑《こんわく》した様子の天一が、どうしたものかと同胞《どうほう》たちを見返す。

彼女の隣に座した者は、夜色の長布を器用に巻いて巧妙に顔を隠《かく》していた。

そのふたりの間に、汐が端座《たんざ》していた。

気配で察したのか、ぱっと顔を輝《かがや》かせて手をのばす。

「げんぶさま、ごぶじですか」

玄武は慌てて簀子に飛び上がり、彼女の前に片膝《かたひざ》をつく。

「無事だ。…言っただろう、我は神将だ。あのような下賤《げせん》の輩《やから》に、我をどうこうすることなどできん」

不遜《ふそん》な物言いをする玄武に、対する汐は心の底から安堵《あんど》したように胸を撫《な》で下ろした。

「ようございました。ですが、げんぶさまがそのようにおっしゃっても、汐はやはり心配です」

異形のものは恐ろしい。水神が守ってくれているとわかっていても、それで恐ろしさが消えるわけではない。

長布に隠れた面差《おもざ》しを窺《うかが》うように見上げると、薄《うす》い笑みが返った。

「…汐よ、水神などは……」

「はい？」

のばされた手を取ると、その手は冷え切っていた。晩夏とはいえ、この邸に満ちた水気は暗く澱《よど》んで、冷たさを漂《ただよ》わせていたからだ。

こんなに冷たくなる前にどうして茵《しとね》に戻らなかったのかと内心で憤りながら、玄武は懸命に言葉を選ぶ。

「……ええと、水神から言伝を預かった。眷属《けんぞく》というのは誤りで、七つを過ぎてもお前はずっとこの世界で生きていくのだ。怖《こわ》いことも、もう二度と起きはしない」

汐が大きく目を見開く。両手をのばして玄武の頬に触《ふ》れ、本当かどうかを確かめるように指を動かした。

汐はその指で見るのだ。玄武はそれをわかっているから、ぎこちない笑みを作った。

「…本当ですか？」

「我は、汐をだますようなことはせん」

「では、お父さまとずっと一緒《いっしょ》にいられるのですね？」

「そうだ」

どれほど已《おの》れに言い聞かせていたのだとしても、いま住む世界を離《はな》れることはやはり恐ろしかったのだろう。

ほっとした風情《ふぜい》の汐を、玄武は目を細めて見返した。

「…では、もうお寝み。次に目覚めたときには、きっといいことがある」

長布の下から穏《おだ》やかな声が響《ひび》く。それを受けて、天一が汐を対屋に誘《いざな》っていった。

彼女が眠《ねむ》るまで、天一がその傍《かたわ》らについているのだろう。

簀子近くに立った朱雀と白虎が、険しさを含《ふく》んだ眼差しを長布に隠れた顔に向けた。

「……何をやっている、晴明」

霊布をあげて顔を覗《のぞ》かせた青年は、にやりと笑って朋友《ほうゆう》たちを見あげる。

「何、たまにはな」

「晴明」

渋《しぶ》い顔の白虎に肩をすくめて見せ、晴明は軽く息をついた。

「……私の占を阻《はば》むほどの力を持った修験者だ。まっとうな道を進んでいれば大成できたろうに」

汐の母に懸想《けそう》するあまり、道を踏《ふ》み外《はず》して闇《やみ》に囚《とら》われた男は、幼い少女を依《よ》り代にするために奪《うば》い取ろうとしたのだ。

神の加護がはずれる七つを迎《むか》えるのを待って、その体に母親の魂《たましい》を植えつけようと目論《もくろ》んでいた。

刻一刻と猶予《ゆうよ》はなくなっていく。捕《と》らえられた魂は、懸命に助けを求めた。その一途《いちず》な想《おも》いと、彼女の持っていた力が、晴明に声を届けた。

布をまとった青年は立ち上がった。六合の霊布をまとっているのは、邸にいるほかの神将たちや孫に外出を気取《けど》らせないためだ。

「汐姫にかけられた呪縛《じゅばく》を解けば、その目に光が戻《もど》る」

「本当か」

意気込んで尋《たず》ねる玄武に晴明は頷《うなず》く。

「だが…光が戻れば、人外のものを感じ取ることも、触れることも、聞くこともできなくなるだろう」

黒曜の双眸《そうぼう》が、これ以上ないほどに瞠《みは》られた。

隠形している神将の存在を感知し、その声を聞いて頰《ほお》に触れてきた、無垢《むく》な心の少女。

澄《す》んだ声が、耳の奥に甦《よみがえ》った。

――げんぶさまは、あたたかくて優《やさ》しいお顔をされています

汐の笑みが見えた気がした。何が一番大切なのかを、玄武はわかっている。

「……光が戻るのならば、それ以外に望むものなど、ありはしまい」

静かに告げる声音《こわね》は、僅《わず》かも揺《ゆ》らぐことなく。

十二神将玄武は、彼女の目に光をと、稀代《きだい》の大陰陽師《だいおんみょうじ》に乞《こ》うた。

夜明けの光が都を照らす頃《ころ》に、晴明たちは安倍邸《てい》に戻った。

「すまないが玄武、これを六合に返しておいてくれ」

晴明から長布を渡《わた》された玄武は、まったく手間をかけさせると内心で文句を並べながら同胞を捜《さが》した。

六合は、昌浩の部屋の屋根に腰《こし》を下ろしていた。

「六合」

降り立った玄武を一瞥《いちべつ》した六合は、同胞の手にある霊布を認めて瞬《まばた》きをする。

「晴明からだ」

「そうか」

長布を受け取る六合の首にかかった紅い勾玉《まがたま》が、朝の光を弾く。そのきらめきに射られて、玄武は目をすがめた。

「……六合は…」

黄褐色《おうかっしょく》の瞳《ひとみ》が応じる。しかし玄武は言い差して、そのまま彼の隣《となり》に腰を下ろした。

「先ほど、朱雀が来た。一仕事を終えてきたそうだな」

「ああ」

朝日が眩《まぶ》しい。目を細めて、玄武はぼそぼそと口を開いた。

「……寂《さび》しいような気がするのだが、よくわからん」

六合は軽く目を見開いた。

晴明たちは、汐が目覚めるまで邸《やしき》を囲む塀《へい》の上で様子を窺っていた。

付き添《そ》っていた父親とともに簀子に出てきた汐は、初めて見る世界を不思議そうに見つめていた。

その視線が、玄武のそれと交差したと思った瞬間《しゅんかん》、彼女は軽く首を傾《かし》げた。玄武の鼓動《こどう》が大きく跳《は》ねる。だが、それだけだ。彼女はぐるりと視線をめぐらせて、玄武に気づくことはなかった。

そう望んだのは自分だ。彼女のために、それが一番良かった。

異形のものなど見えないほうがいい。平和に生きていけることが、幸せなのだとわかっている。

なのに、寂しいと感じるのは、どうしてだろう。

「本当に、わからんのだ……」

うつむく玄武の頭を、六合の手のひらが無造作に掻《か》きまわした。

「子ども扱《あつか》いを、するな」

「ああ」

だが、六合はやめようとしない。

玄武は不満げに顔をしかめた。

「子ども扱いをするなと、言っている」

「そうか」

それでもやめようとしない六合の手のひらは、大きくあたたかい。

「六合、我の言葉を聞いているのか」

「ああ、聞いている」

少女の指のあたたかさを思い出し、ほろ苦さと寂しさが胸をよぎる。

口では文句を言いながら、玄武はしばし、されるままになっていた。

少年陰陽師

疾《はや》きこと嵐の如く

牛車の簾《すだれ》がばさっと音を立てて翻《ひるがえ》る。

「おっと、随分《ずいぶん》風が強いな…」

物見《ものみ》の窓を開けて外の様子を窺《うかが》う行成に気づいた随身《ずいしん》が声を上げた。

「殿《との》、どうされました？」

「ああ、やけに風が…」

強いなと言いかけた瞬間《しゅんかん》、烈《はげ》しい突風《とっぷう》が牛車に襲《おそ》いかかった。

「うわっ…！」

重い牛車が風に押されてぐらりと傾《かたむ》きかける。つながれていた牛が必死に足を踏《ふ》ん張《ば》るが、片輪が浮《う》いて均衡《きんこう》の崩《くず》れた車体の勢いに引きずられ、悲鳴を上げながら横倒《よこだお》しになった。

轟音《ごうおん》が地響《じひび》きのようにして空気まで震《ふる》わせる。

「殿！」

蒼白《そうはく》になった随身と牛飼い童《わらわ》が、横倒しになった車体の中を覗《のぞ》くと、行成は額から出血して気を失っていた。

「殿、お気を確かに…うわっ」

竜巻《たつまき》のような強風が駆《か》け抜《ぬ》ける。煽《あお》られてよろめいた随身は、その風の中に確《か》かに何かがいたのを見た。

陰陽寮《おんみようりよう》に出仕した昌浩は、陰陽生である藤原敏次がいやに硬《かた》い面持《おもも》ちをしていることに気がついた。

「おはようございます。……敏次殿、どうかなさったんですか？」

そっと問いかけると、敏次はいささか青ざめた顔を向けてきた。

「ああ、昌浩殿。おはよう。昨日のことを、君はまだ聞いていないのか」

「え？　昨日、何かありましたか？」

昌浩は目をしばたたかせる。

その肩《かた》に乗っている物の怪《もののけ》が、剣呑《けんのん》に目をすがめた。

物の怪は敏次が好きではない。ありていに言えば嫌《きら》いだ。癇《かん》に障《さわ》る。いけ好かない。この世には天敵という言葉が存在しているが、物の怪にとっての敏次はまさに天敵なのである。

かなり一方的にだが。何しろ敏次は物の怪の存在すら知らないのだ。

「実は、昨日の退出時に、行成様の牛車が風で横倒しになって…」

「ええっ⁉」

昌浩は勢い込んだ。

「それで、行成様は」

「ああ、少々怪我《けが》をされて、しばらくお邸《やしき》で静養なさるとのことだ。あとでお見舞《みま》いに伺おうと思っている」

藤原行成は右大弁と蔵人頭《くろうどのとう》を兼任《けんにん》している。昌浩元服《げんぷく》の際には加冠役を務めたこともあり、何かと気にかけてくれている人物だった。

「あ、じゃあ俺も…」

言いかけた昌浩を敏次がじろりと睨《にら》む。昌浩は慌《あわ》てて言い直した。

「えーと、私もご一緒《いっしょ》させてください。行成様にはお世話になってますから…」

「ああ、それは構わない。別々に伺うとその分行成様にお時間を取らせてしまうしな」

頷《うなず》いた敏次は、目許《もと》に険しいものをにじませた。

「実は、随身殿から、気になることを聞いた」

それまでよりも硬くなった声音《こわね》に、昌浩は怪訝《けげん》そうに眉《まゆ》を寄せる。

「なんだ?」

不審《ふしん》そうな物の怪の声が聞こえたわけではないのだろうが、敏次は剣呑な様子で言った。

「風の中に、何かがいたというんだ」

低く唸《うな》って、敏次は口元に指を当てた。

「それが本当なら、妖怪変化《ようかいへんげ》の仕業《しわざ》だということになる。確かめなければ…」

拳《こぶし》を握《にぎ》り締《し》めて、敏次は昌浩を見返した。

「君はさほど見鬼の才に長《た》けているわけではないが、なんの力も持たない随身殿が見たというのだから君にも見えるかもしれない。異形のものを見かけたら、即博士《そくはかせ》にご報告申し上げるように」

ここで物の怪が牙《きば》を剝《む》いた。

「お前が、お前が言うな！　おーまーえーがーっ！」

耳元でぎゃおぎゃおと吠《ほ》えている物の怪を困ったなぁと思いつつ、昌浩は頷いた。

「はい、わかりました」

そのとき、一陣《いちじん》の強風が吹《ふ》きぬけた。

書類が舞《ま》い上がって御簾《みす》がばさばさと音を立てる。

「やけに、風が強いな……」

外に目を向けて呟《つぶや》く敏次を据《す》わった目で睥睨《へいげい》した物の怪は、そのまま首をめぐらせた。

青い空にはまばらに雲が散っている。

「……妙《みょう》な風だな」

敏次に向けていたのとは質の違《ちが》う声音の物の怪に視線を向けて、昌浩は瞬《まばた》きをした。

真っ青な空を眩《まぶ》しそうに見上げた彰子《あきこ》は、衣《ころも》を被《かず》いて邸を出た。

市《いち》に行く道も通いなれたといっていいだろう。時々普段《ふだん》とは違う道を行くこともあるが、都は碁盤《ごばん》の目のように大路小路が配されているので、迷う心配はまったくない。

「でも、昌浩ったら心配するのよね」

てくてくと歩きながら息をつく彰子の耳に、隠形して随従《ずいじゅう》している天一《てんいつ》の声が響《ひび》いた。

《それは、仕方のないことだと思います》

「でもね、もう何度も通ってるのよ？　それに、いつも誰かがついていてくれてるし、そんなに心配しなくても…」

軽く頰《ほお》をふくらませる彰子の仕草に、隠形している天一がそっと笑った気配がした。

《彰子姫とて、昌浩様がどれほど心配はいらないと仰《おお》せられても、心配なさるではありませんか》

彰子は頰を染めながらうつむいた。

「それは…だって、やっぱり心配だから…。怪我をしないかとか、危ない目に遭《あ》っていないかとか」

《はい》

「天一だって、朱雀が晴明様のご用事でどこかに出かけるとき、心配になるでしょう？」

天一は穏《おだ》やかにこたえる。

《はい。ですから、昌浩様のご心配も当然のことです》

「……そう、なんだけど…」

言い差して、彰子はそっと息をついた。

神将たちが一緒だから平気だといっても、彼らは基本的に隠形しているから傍目《はため》には彰子はひとりで歩いていることになる。柄《がら》の悪いならず者などが見れば、格好の標的になるだろう。

「ちゃんと、わかっているつもりなんだけど。昌浩にとって、私はいつまでたっても、左大臣《さだいじん》家《け》のお姫様なのかしら…」

呟く彼女の語気に寂《さび》しさがにじんでいる。気づいた天一は、なんと声をかけていいものかとしばし逡巡《しゅんじゅん》した。

本当だったら彰子は、今上《きんじょう》の後宮《こうきゅう》に入内《じゅだい》しているはずだったのだ。実際、左大臣家の一の姫は、中宮《ちゅうぐう》として藤壺《ふじつぼ》に部屋を賜《たまわ》っている。

「だいぶ安倍のお邸に馴染《なじ》んできたと思うの。まだまだ覚えなければいけないことはたくさんあるけど、できるようになったこともたくさんあるのよ」

でもやはり、彼にとって自分は頼《たよ》りない姫でしかないのだろうか。

嘆息《たんそく》した彰子の耳に、天一の深い声が届いた。

《私たちは皆《みな》、昌浩様が彰子姫を大切に想《おも》っていることを知っています。それは、左大臣家の

姫君だからでは、決してありません》

何しろ昌浩は、彰子を左大臣家の姫扱《ひめあつか》いなど、最初からほとんどしていないのだ。だから彰子の悩《なや》みはまったくの杞憂《きゆう》なのである。

「…う…ん」

頷いて、彰子は顔をあげた。

「安倍の家族だと思ってもらえるように、もっと頑張《がんば》らなきゃ」

そうして、いつか、客分ではなくて、そこにいるのが当たり前になれればいいと、思っている。

もうすっかり馴染んでいますよと言うのも彼女のやる気に水を差すような気がして、天一は黙《だま》っていた。

彰子はいつもできないことをできるようになるための努力を惜《お》しまない。それは彼女の美徳だ。

外出の際には彰子はいつも衣を被く。これは顔を見られないようにするためなのだが、視界が悪くなるのが玉に瑕《きず》だった。だが、彰子の顔を知っている者が万一いないとも限らない。成長すると面差《おもざ》しも変わっていくものだという。いまは、内裏にいる中宮は自分と瓜二《うりふた》つだというが、あと幾年《いくとせ》か過ぎたら、多少は差が出てくるのだろうか。そうなれば、藤原氏の縁者《えんじゃ》だと言い繕《つくろ》うだけですむようになるのではないかという淡《あわ》い期待も、彰子の中には実はある。

藤原の血が持つ運命とは、彼女の生は枝分かれした。

「さ、急がないと」

のんびりしていると陽《ひ》が暮れてしまう。昌浩が帰邸する前に戻《もど》らないと。

足を速めた途端《とたん》に、激しい突風《とっぷう》が襲《おそ》ってきた。

「きゃあっ」

被いた衣が持っていかれそうになる。慌てて押さえたものの、風の強さに彰子は思わずよろめいた。

《姫!》

慌《あわ》てた天一が顕現《けんげん》して手をのばしてきた。

が、それより早く、彰子の肩《かた》を支える腕《うで》があった。

「大丈夫《だいじょうぶ》ですか？　藤花《ふじか》殿」

聞き覚えのある声に引かれて顔をあげた彰子は、穏やかに微笑《ほほえ》んでいる昌親と目があった。

「あ、はい。……藤花？」

耳慣れない呼び名に怪訝そうにする彰子に、昌親は笑《え》みを深くした。

「ああ、あなたの呼び名です。真の名でお呼びするのは、さすがにはばかられますから」

そうだったのか。

得心がいった彰子に、昌親は不思議そうな顔をして尋《たず》ねた。

「ところで、藤花殿はどちらに?」

このままいくと、三条の市だ。

それに答えたのは顕現している天一だった。

「彰子姫は、市にお買い物に行かれるのですよ。私はそのお供です」

「天一だけなのか?」

昌親の言葉に天一は頷く。すると彼は、少し考えるそぶりをしてから口を開いた。

「では、私もご一緒《いっしょ》させてください」

「え? でも、ご用《よう》があったのではありませんか?」

昌親が向かっていたのは安倍邸《てい》の方角だ。彼の住まいがどこなのかは彰子は知らないのだが、安倍邸とはだいぶ距離《きょり》があるはずだった。

「いえ、ただの通りすがりなので、気にしなくて大丈夫ですよ。それに、いい機会だから、家族に何か見繕《みつくろ》っていこうかと思っただけです」

それだけでは決してないだろうが、その言葉も本当なのだろう。彼は家族をとても大切にしているのだと昌浩から聞いている。

「では……」

衣を被きなおして頷《うなず》く彰子とともに、昌親は市に向かった。

市には大概《たいがい》のものが揃《そろ》っている。以前昌浩が、市で求めた櫛笥《くしげ》を彰子に贈《おく》ったこともある。

そういう調度品もあるが、生活に必要なものが圧倒的《あっとう》に多い。

路の両端《りょうたん》にずらりと並べられた筵《むしろ》や品台に、様々な商品が並べられている。

常に活気に満《み》ち溢《あふ》れて人のざわめきが絶えることがない。

邸にこもっていては絶対に見ることのできない風景だった。

「藤花殿はいったい何を…」

昌親が言いかけたとき、向こうのほうから悲鳴が轟《とどろ》いた。

驚《おどろ》いて振《ふ》り向いたふたりは、筵や竹細工などが風に巻き上げられている様を見た。

「風…？」

目を瞠《みは》った彰子の呟《つぶや》きが、駆《か》け抜《ぬ》ける突風に掻《か》き消《け》される。

立ち並んでいた露店《ろてん》の筵が次々に翻《ひるがえ》り、並べられていたたくさんの品々が飛散する。商いをしていた者や通行人たちも、ある者は転び、ある者はもんどりうって、市は瞬《また》く間に惨状《さんじょう》となった。

《姫、昌親様、危険です…！》

切迫《せっぱく》した天一の言葉に頷いた昌親は、路の向こうから再び疾風《しっぷう》がこちらに向かってきたのを認めた。

昌親ははっと息を詰《つ》め、目を凝《こ》らした。安倍の血を持ち、陰陽寮《おんみょうりょう》に勤める彼は、見鬼の才を持つ陰陽師《おんみょうじ》だ。晴明や昌浩には及《およ》ばないまでも、その目が宿す見えざるものを見抜《みぬ》く力は、徒人とくらべれば桁違《けたちが》いだ。

風の中に、何か異形のものがひそんでいる。

「危ない！」

襲来《しゅうらい》した疾風から彰子をかばった昌親は、翻った直衣《のうし》の袖《そで》を引きちぎられた。

「昌親様！」

青くなった彰子が悲鳴を上げる。その語尾《ごび》に、叫《さけ》びに似た音が重なった。

「────っ！」

彰子は反射的に天を振り仰《あお》いだ。

雲のほとんどない晴天。吹《ふ》き荒《あ》れる風の流れが視える。その中に、ふたつの影《かげ》があった。

「あれは…」

だが、彰子がそれを確認《かくにん》する前に、影は飛び去ってしまった。

突然《とつぜん》の嵐《あらし》に見舞《みま》われた市は見るも無残な姿をさらしている。

片袖《かたそで》のちぎれた直衣を確かめていた昌親は、ふうと息をついた。

「袖だけですんだのは、僥倖《ぎょうこう》だったたな…」

あの風が直撃《ちょくげき》していたら、腕の一本くらい撥《は》ね飛ばされていただろう。

「お怪我《けが》はありませんか、藤花殿」

気を凝らしていた彰子は、はっとして頷いた。

「は、はい。私は大丈夫です。でも、昌親様が……」

「私も大丈夫。袖が破れただけですから」

それよりも、と彼は彰子を促《うなが》した。

「安倍の邸に送ります。異形の仕業《しわざ》のようだ。飛び去った異形が、いつまた戻ってこないとも限らない」

昌親とともに踵を返した彰子は、肩越《かたご》しに振り返った。

いたるところに残っている異形の気配。だが、それだけではない。

もうひとつ。何かが風に紛《まぎ》れていた。


風が強い。

「うわっ…、目に砂が入りそう…」

目をしぱしぱさせている昌浩の肩で、両前足で目を押さえた物《もの》の怪《け》が耳をぴょこぴょこと振っている。

「目に、入った…っ！　痛い、痛いっ」

「えっ。もっくん、大丈夫？　うちについたら水で洗ったほうがいいかもよ」

うーうー唸《うな》って瞼《まぶた》の上から目をこすりそうになっている物の怪の前足を、昌浩は慌てて掴《つか》まえた。

「いっ、痛い、くぅ…っ」

「こすったら目に傷がつくって」

そろそろ瞼を開けると、潤《うる》んだ夕焼けの瞳《ひとみ》が覗《のぞ》いた。

この物の怪、大きな猫《ねこ》か小さな犬程度の大きさで、徒人には見えないが全身を真っ白な毛で覆《おお》われている。が、風に飛ぶ砂で現在若干薄汚《じゃっかんうすよご》れ中だ。夕焼けを切り取ってとかし込んだような大きな丸い瞳には、砂が入り放題。先ほどからずっと薄目《うすめ》になっていたのだが、隙間《すきま》から入り込んだものらしい。白い額にある花のような赤い模様もかすかに灰色がかっていて、長い耳と尻尾《しっぽ》で砂を払《はら》うような仕草をしきりにしている。

「やっぱり、痛い」

目をつぶって唸っている物の怪を小脇《こわき》に抱《かか》え、もう一方の手で前足を両方掴《つか》み、昌浩は邸に急いだ。

ひっきりなしに吹く風は、時間を追うごとに強くなっているようだ。舞《ま》い上がる砂塵《さじん》が昌浩の視界を時折暗くさせる。

口を開けると砂が入ってくるので、昌浩は黙《だま》りこくって目を細めながら足早に進む。

びゅおうっと吹きぬける風が砂埃《すなぼこり》を舞い上がらせ、昌浩は思わず立ち止まって目を閉じた。

顔や首にぱらぱらと砂が当たる。まとう衣《ころも》はすっかり埃《ほこり》っぽくなっていて、このまま入ったら邸の廊《ろう》が砂だらけになりそうだなと思った。

安倍邸の近くまでたどり着き、昌浩はふいに顔をあげた。

「太陰と、白虎……」

邸の一角から風をまとって飛翔《ひしょう》したふたりの神将が、いずこかに翔《か》けていく。

「んあ？」

目が開けられないので首だけめぐらせた物の怪は、気配を追って首を傾《かし》げた。

「風将が揃ってどこに行ったんだ？」

「わからないけど……」

昌浩はついと肩越しに背後を顧《かえり》みた。そのあたりに隠形している六合がいるはずなのだ。果たして、六合が少しだけ神気を強めて顕現《けんげん》してきた。

「六合、何か知ってる？」

「いや……」

薄目で尋《たず》ねる昌浩に対し、六合は涼《すず》しい様子で静かに答える。

隠形していると砂埃など何の問題もないのかもしれない。だったらもっくんもいまだけ隠形していたほうがいいんじゃないだろうか。

そんなことをつらつらと考えながら、昌浩は門をくぐって安倍家の敷地《しきち》に入った。

砂埃が吹き込んでこないように急いで妻戸を閉めた昌浩は、ようやくひとごこちついて息をついた。

「お帰りなさい、昌浩ともっくん」

妻戸の音を聞きつけた彰子が出迎《でむか》えに姿を見せる。

ふたりをみた彼女は、目を丸くして声を上げた。

「まぁ、埃まみれ」

「うん。ごめん、彰子、桶《おけ》に水持ってきてくれる？」

昌浩が小脇に抱えている物の怪を見て、彰子は急いで言われたとおりにする。

土間に置かれた桶の水でぱしゃぱしゃと顔を洗った物の怪は、涙《なみだ》で潤んだ目をしぱしぱさせながら眉間《みけん》にしわを刻んだ。

「風ごときにこんな目に遭《あ》わされるとは、不覚」

「いやでも、目に砂が入ったら痛いって。もっくんそれでなくても目が大きいし。物の怪はそういうところが不便なんだねぇ」

「物の怪言うな、晴明の孫」

「孫言うなっ」

言い返しながら衣の砂を払い落とし、昌浩はその場で直衣を脱《ぬ》いだ。いくらなんでも、このまま廊にあがっては砂だらけになる。

「昌浩も、体を拭《ふ》いたほうがいいんじゃない？　顔がなんだか汚《よご》れてるみたい」

「え、そう？」

首を傾げる昌浩の頰《ほお》のあたりに、彰子は自分のまとう衣の袖を当てる。触《ふ》れられたほうの目をつぶる昌浩の頰を袖で拭《ぬぐ》い、ほら、と示して見せた。

「あ、ほんとだ」

「昌浩様、これを」

見やると、水をくんだ桶を持つ朱雀と手拭《てぬぐい》を持った天一がいた。

「と…、物の怪も、いっそ水浴びをしたらどうだ？」

朱雀をじとっと一瞥《いちべつ》した物の怪は、いらんと返して廊にあがった。

「それはそうと、太陰と白虎が出て行ったようだが、どうかしたのか？」

朱雀と天一は顔を見合わせる。答えたのは彰子だった。

「あのね、今日、三条の市に行ったんだけど…」

「市⁉」

素《す》っ頓狂《とんきょう》な声を上げた昌浩の手から、絞《しぼ》ったばかりの手拭がぽとりと落ちる。物の怪がそれを拾った。

「ほれ」

「あ、ありがとう。…じゃなくて、市に、まさかひとりで⁉」

目を剝《む》く昌浩に彰子は首を振《ふ》った。

「ううん、天一と。それと、途中《とちゆう》で昌親様にお会いして、一緒《いっしょ》に市まで足をのばしたの。そうしたら……」

異形の仕業と思《おぼ》しき突風《とっぷう》が市をめちゃくちゃにしたのだと聞かされて、昌浩はさすがに真摯《しんし》な面持《おもも》ちになった。

「化け物…？」

確認《かくにん》するように呟《つぶや》く昌浩に、彰子は少し考えるそぶりを見せた。

「たぶん…。でも、あともうひとつ、何かがいたみたい」

「何か？　何かはわからなかったんだ？」

彰子は黙って頷《うなず》くと、廊に置かれた直衣《のうし》を拾い上げた。砂にまみれていて、水で洗わなければ着られそうにない。

「さっき晴明様にお話ししたの。太陰たちが出かけたのは、そのことなんだと思う」

昌浩は天一を見上げた。

「天一は、何か気づいたことはなかったのか？」

「彰子姫《ひめ》の仰《おっ》しゃる気配を感じはしたのですが、恐《おそ》ろしい速さで飛び去ってしまったので……」

姿を確認することはできなかった。

「そうか……」

昌浩は思案するように腕《うで》を組んだ。

陰陽寮《おんみょうりょう》を退出したあとで、昌浩は敏次とともに行成の邸《やしき》に足をのばしたのだ。

行成は思っていたよりずっと元気で、面目《めんぼく》ないと苦笑《くしょう》しながら額の包帯を押さえていた。行成の姿を見て安堵《あんど》した敏次が、胸の中が空になるほど深く息をついていたのが印象的だった。

昌浩も無事を確認して安心したが、敏次には及《およ》ばないだろう。

実は藤原敏次という男は、大変情に篤《あつ》いのだ。

行成の牛車を襲《おそ》ったという突風も、異形の影《かげ》が見える気がする。

昌浩は物の怪《もののけ》を見下ろした。

「もっくん、俺もちょっと行ってみようと思う」

物の怪は、諒解《りょうかい》とばかりに尻尾をぴしりと振った。


暮れなずんだ空を翔けていた太陰は、顔をしかめて同胞《どうほう》を振り返った。

「ねぇ白虎、この妙《みょう》な風、なんだと思う？」

彼女と同じように気づいていた白虎も注意深く辺りを見回した。

「……妖の類《たぐい》と…、もうひとつ…？」

ふたつの気配が風の中に混在している。

神気の起こす気流に栗色《くりいろ》の長い髪《かみ》を遊ばせながら、太陰は険しい顔をした。

「妖みたいだけど、それにしては妙な感じなのよね。強《し》いて言うなら……」

風が唸《うな》る。

言い差した太陰ははっと視線をめぐらせた。

「あそこだ、太陰！」

白虎の示す先。民家の屋根が、駆《か》け抜《ぬ》ける疾風《しっぷう》に剝《は》がされて舞い上がる。悲鳴と叫《さけ》びが幾重《いくえ》にもなり、火がついたように泣き出す子どもの声が響《ひび》きだした。

太陰は茫然《ぼうぜん》と呟いた。

「なん…、なの、あれ……」

一瞬《いっしゅん》だけはっきりと見えたその姿は、今まで遭遇《そうぐう》したこともないような妖だった。

白虎も同様だ。あれは彼の知識の中にはいない生き物だった。

彼らは長いときを生きている。大概《たいがい》の異形だったら頭に入っているのだが、そのどれとも合《がっ》致《ち》しない。

「妖には違《ちが》いないだろうが……」

不審《ふしん》がる白虎に頷いて、太陰は身を翻《ひるがえ》した。

「とにかく、捕《つか》まえるわよ！」


がらがらと、牛車が疾走《しっそう》する。

前簾《まえすだれ》を上げて顔を出した昌浩は、舞《ま》い散る砂を避《さ》けるように手をかざしていた。

「あ、太陰と白虎、見つけた」

天を仰いで指差す昌浩の肩に乗っていた物の怪は、神将たちの目指す先に視線を滑《すべ》らせた。

「……彰子たちが見たのは、あれか」

「そうみたいだ」

昌浩は身を乗り出して片方の輪に浮《う》かんでいる鬼《おに》の顔を見た。

「車之輔《くるまのすけ》、あっちに向かってくれ！」

がらがらという輪の音がひときわ大きく響く。昌浩にはわからないが、おそらく車之輔が返答したものだろう。

「はい、お任せください、だそうだ」

一応通訳してやり、物の怪は車体の屋形《やかた》に飛び上がった。

「もっくん？　振り落とされるなよ」

「そんなへまはせん」

軽口を返して、物の怪は空を睨《にら》む。

風が強い。やけに強いこの風は、妖の仕業《しわざ》とは少し違《ちが》うような気がしてならない。

彰子たちの言っていたもうひとつの影というのが気にかかる。

舞っている砂が目に入りそうになって、物の怪は慌《あわ》てて瞼《まぶた》を閉じた。細目になっても難儀《なんぎ》するのは、さてどうしたものか。

「……さすがになぁ…」

姿に似合わぬ渋《しぶ》い口調で呟く。

物の怪姿だと目が大きくて、風に飛ぶ砂やら埃《ほこり》やらが入って痛くて仕方がないから一旦本性《いったんほんしょう》に戻《もど》りました、などと言ったら、晴明や勾陣に笑われること請《う》け合いだ。それは、いくらなんでも情けないだろう。仮にも十二神将最強にして最凶《さいきょう》が。

思わずたそがれていた物の怪は、妖とは別の気配が生じたことに気づいた。

「もっくん、あれ！」

車中の昌浩が声を上げる。

彼らの視線の先に、神将たちと、妖と、そしてもうひとつの影が現れていた。

その姿は、明らかにこの国の妖たちとは異質なものだった。

あれとよく似た化け物を、太陰と白虎は知っている。

「異邦《いほう》の妖異《ようい》たちに、似てる」

剣呑《けんのん》に眉《まゆ》を寄せる太陰に頷き、白虎は妖に狙《ねら》いをさだめた。

暮色に染まった空でも、神将たちには大した問題ではない。彼らの目は夜闇《よやみ》であっても昼日中と同じようにすべてを映し出す。

突風を身にまといながら滑空《かっくう》する妖は、鳥のような姿だった。だが、こんな鳥などいはしない。

大きさは鶴《つる》と同じ程度だろうか。だが、羽毛《うもう》の代わりにその体を覆《おお》っているのは、蛇《へび》のような鱗《うろこ》だ。四枚ある翼《つばさ》で風を縫《ぬ》い、三対の眼《まなこ》が四方八方を注意深く見張っている。三本の足は折り曲げられて、長い尾《お》が舵《かじ》の役割を果たしているようだった。

太陰と白虎は緊迫《きんぱく》した視線を交《か》わした。異邦の妖異の脅威《きょうい》は、いまも彼らの胸中にありありと刻まれている。

「まさか、仕留め損《そこ》ねてたなんて…！」

唇《くちびる》を嚙《か》む太陰の頭をぽんと叩《たた》き、妖異を見据《みす》えて白虎が断言する。

「だが、ここで仕留めればすむ」

「そう、ね。そうと決まれば」

太陰の全身から激しい神気が迸《ほとばし》る。

「食《く》らえ――っ！」

風将太陰最強の技《わざ》が、妖異めがけて放たれた。

押し寄せる竜巻《たつまき》に気づいた妖異が長い首をめぐらせて太陰と白虎の姿を認める。三対の眼がぎらりと光った。

人語にも似た鳴号《めいごう》が風を裂《さ》いて木霊《こだま》する。四枚の翼が羽ばたいて、竜巻を回避《かいひ》した。

「この…っ、逃《に》げるんじゃないわよっ、異邦の妖異！」

太陰は第二第三の竜巻を次々に繰《く》り出す。彼女の攻撃《こうげき》の合間を縫って鎌鼬《かまいたち》を放とうとしていた白虎は、突如《とつじょ》として生じたもうひとつの気配を察知した。

「なんだ？」

夜の色に覆われはじめた空に出現した影《かげ》は、直滑降《ちょっかっこう》しながら太陰の放った竜巻を受け止め、粉砕《ふんさい》した。

爆風《ばくふう》が四方に広がっていく。己《おの》れの神気の反動をもろに食らい、太陰は小さく悲鳴を上げながら吹《ふ》き飛ばされそうになった。その手を、なんとか踏《ふ》ん張《ば》った白虎が捉《とら》え、彼女はどうにか事なきを得た。

「いまの、何⁉」

爆風の名残《なごり》の向こうを凝視《ぎょうし》する太陰の耳に、よくとおる怒声《どせい》が突《つ》き刺《さ》さった。

「邪魔《じゃま》立《だ》てをするな！」

太陰と白虎は目をしばたたかせた。

妖異と風将たちの狭間《はざま》に、まるで仁王《におう》立ちするように浮いている影は、明らかに憤慨《ふんがい》している。

「あれは私の獲物《えもの》だ、手出しはまかりならん！」

それは、少年だった。昌浩より幼い風体に見える。十歳前後か。だが、どう考えても人間ではない。だからおそらく、十歳前後だろうという予測は間違《まちが》っている。間違っているが、姿形も声音《こわね》も子どものそれだった。

十二神将風将太陰も、姿は六歳程度の子どもの形だが、その実数百年以上の齢《よわい》を重ねている。晴明や昌浩や白虎がいくら彼女を幼子《おさなご》のように扱《あつか》っていても、彼女は間違いなく神の末席に連なる存在なのだ。

そして、目の前にいる少年も、明らかに神将たちと同質の気配をかもし出しているのだった。

「あんた、何者？」

太陰の誰何《すいか》に返ったのは、怒声だった。

「貴様たちのせいで、逃げられてしまったではないか！」

振《ふ》り向きざまに怒鳴《どな》り散らし、少年は舌打ちして身を翻す。彼が向かおうとしているのは、

妖異の消えた空だった。

が、いきなり怒鳴られた太陰は、頭のどこかで何かがぷつりと切れる音を聞いた。

「……っざけんじゃないわ！　いきなり出てきて邪魔《じゃま》したのは、どう見たってそっちじゃないのっ！　わたしたちに謝りなさいよっ！」

立ち去りかけていた少年が、ぴたりと止まる。そうしておもむろに振り返り、冷めた目を向けてきた。

「あの程度の風しか放てないような輩《やから》が、随分《ずいぶん》と偉《えら》そうな物言いだな」

太陰は瞠目《どうもく》し、眉を吊《つ》り上げると静かに口を開いた。

「……白虎、止めないでよ」

否《いな》を許さない語調で言い放ち、太陰は神気を迸らせて唸《うな》った。

「あの程度、ですって……？」

桔梗《ききょう》色の双眸《そうぼう》が剣呑にきらめく。

嵐《あらし》のような風が渦《うず》を巻いて少年に襲《おそ》いかかる。

「これのどこが『あの程度』なのか、言ってみなさいよっ！」

怒《いか》りに任せて叩きつけられた太陰の通力に、さしもの少年もぎょっと目を剝《む》いた。回避しようとするも、風の渦に巻き込まれてなすすべもなく撥《は》ね飛ばされる。

「うわ…っ」

「見たかっ！」

まっ逆さまに墜落《ついらく》していく少年の耳に、勝《か》ち誇《ほこ》った太陰の声が突き刺さる。

衝撃《しょうげき》で動けないまま落ちていく少年を、慌てた白虎が追うもののあちらの落下速度のほうが勝っている。

「ちぃっ」

舌打ちして風を放とうとした白虎は、少年の墜落予測地点に真《ま》っ直《す》ぐ疾走《しっそう》してくる妖車《あやかしぐるま》を認めた。その屋形に白い物の怪《もののけ》が乗っている。

「騰蛇！」

そのひとことで心得た物の怪は、瞬《また》きひとつで本性になり変わった。

「車之輔、このまま突っ込め！」

凄《すさ》まじい速度で疾走する車之輔に命じた紅蓮は、振り落とされないように腰《こし》を落とした。

「え、紅蓮？」

突如として生じた神気に目を丸くした昌浩が、手形《てがた》を摑《つか》んで視線をあげる。

「しっかり摑まってないと、落ちるぞ昌浩！」

叱《しか》り飛ばされた昌浩は肩《かた》をすくめて首を引っ込める。そうして、墜落してくる少年に気づいた。

全力疾走の車之輔が、墜落地点で急停車する。本気で振り落とされそうになった昌浩は方立てを摑んでなんとか踏ん張った。

同時に、重いものが落ちた衝撃がどすんと車体を突き抜《ぬ》ける。昌浩は勢いをつけて屋形によじ登った。

がったんと音を立てて震《ふる》えた車之輔を気遣《きづか》うように壁《かべ》を叩き、昌浩は勢いをつけて屋形によじ登った。

紅蓮に横抱《よこだ》きにされた少年は、くたっとのびていた。

変わった衣装を身につけている。昌浩はこれによく似た出《い》で立ちを見たことがあった。

「なんだか、朱雀の恰好《かっこう》にちょっと似てる……？」

目を回してのびている少年をしげしげと眺《なが》めているところに、太陰と白虎が舞《ま》い降《お》りてきた。

「騰蛇…」

困ったように白虎の陰に隠《かく》れる太陰を一瞥《いちべつ》し、紅蓮は息をついた。

「おい、こいつは何者だ」

金の双眸を向けられて、背後に完全に隠れてしまった太陰に困ったものだと内心で思いながら、白虎が答えた。

「問いただしたわけじゃないが…」

白虎の視線が少年に注がれ、つられた三対の目も同じところに据《す》えられた。

「どうやら、大陸の神仙《しんせん》のようだ」

「なるほど」

それだけで合点《がてん》のいった紅蓮とは対照的に、昌浩は怪訝《けげん》そうに首を傾《かし》げた。

「え？　待て、待てよ？」

大陸の神仙。どういうことだ。

「異邦《いほう》の妖異《ようい》らしき妖を、追っかけてるみたいよ」

太陰が補足する。昌浩は目をしばたたかせた。

異邦の妖異。窮奇《きゅうき》と、奴《やつ》の率いてきた妖怪《ようかい》どもと同類ということか。

「ええと、つまり」

よく見れば玄武より少し年嵩《としかさ》程度の少年が、低くうめいた。

「紅蓮や太陰たちと同じような存在なのかな」

「いや、どちらかといえばこの国における高龗神や天照大御神《あまてらすおおみかみ》に近い存在だろう」

紅蓮の訂正《ていせい》にふむふむと頷《うなず》いているときに、少年は目を覚ました。

「気がついたな」

白虎が少し覗き込むようにする。少年は状況把握《じょうきょうはあく》ができず視線を彷徨《さまよ》わせた。が、白虎の肩《かた》越《ご》しに太陰の顔を見つけ、ぐわっと眦《まなじり》を吊り上げる。

「貴様…っ！」

飛び起きようとした少年は、しかし突然《とつぜん》支えを失って屋形に叩《たた》きつけられた。

「いっ…つ…、なにを…！」

したたか打った後頭部を押さえて涙目《なみだめ》で抗議する少年に、紅蓮は冷めた目を向けた。

「まずは礼を言え。墜落してきたお前が無事なのは、この車之輔と俺のおかげだ」

「それって重要なのかなぁ？」

訝《いぶか》る昌浩に太陰が耳打ちする。

「そういうことは言ったらだめよ昌浩」

少年は感情のままに何かを言い返そうとしたが、高い位置から自分を見下ろす金色の双眸に気圧《けお》されて、渋々《しぶしぶ》従った。

「その、かたじけない」

「よろしい」

ようやく納得《なっとく》したらしい紅蓮が、瞬きひとつで物の怪の姿に変化《へんげ》する。

「お前は、妖なのか…？」

驚愕《きょうがく》を隠さない少年に、物の怪は斜に構えて目をすがめた。

「俺は妖と違《ちが》う」

「物の怪だよね」

「そうそう物の怪…それも違うっ！」

思わず昌浩に同意してしまった物の怪だったが、はたと気づいて即行否定《そっこう》した。

が。

「そうか、物の怪というのか」

「うん、そう」

奇妙《きみよう》に納得している少年に昌浩が頷く。

「そこで納得するなーっ！」

物の怪の怒号《どごう》もなんのその、昌浩は少年と何かが相通じたようだった。

膝《ひざ》を折って目線を合わせる。

「大陸の神仙なんだ？」

少年はこくりと首を縦に振《ふ》る。

「…風伯《ふうはく》、だ」

昌浩は頭の中で漢字を当てはめた。

風伯とは、確か風の神のことだ。

何気なく白虎と太陰に目が行く。

このふたりも風を操《あやつ》る神将なのだ。風を操り、風に乗ることができる。

「風伯というのは総称《そうしよう》だよな。お前の名前は」

物の怪の問いに、少年は短く答えた。

「巽《そん》、二郎《じろう》」

巽二郎はうつむいて、消え入るような声で付け加えた。

「……拝命の儀《ぎ》がすべて済んだら、だが。名は、申しわけないが明かせない」

物の怪は白虎と視線を合わせた。

この口ぶりから察するに、巽二郎というのはこの少年の実名ではなく、地位か役職の名称《めいしょう》なのではないだろうか。

見た目は昌浩より幼いが、神仙の年齢《ねんれい》は外見で計れるものではないから、実は相当の高齢《こうれい》なのかもしれない。

「その巽二郎が、どうしてこの国に来ることになったんだ？」

至極《しごく》まっとうな疑問を投げかけた昌浩を一瞥し、巽はぼそぼそと話しはじめた。

「巽二郎の名を拝する継承《けいしょう》の儀で、あの酸与《さんよ》を仕留めるのが最後の課題なのだ」

人に害を為《な》す妖怪を一匹《ぴき》退治ることで、己《おの》れの持つ力を誇示《こじ》するのがその儀式《ぎしき》の狙《ねら》いだった。

が、巽二郎は、肝心《かんじん》の酸与を仕留め損《そこ》なってしまったのだ。

「一度狙いをさだめれば、それを翻《ひるがえ》して別の獲物《えもの》を追うことは許されん。それで、逃亡《とうぼう》した酸与の軌跡《きせき》をたどって、この島国を訪《おとず》れたのだ」

昌浩が軽く片手をあげた。

「酸与、ていうのは、あの妖だよね。海を越えてきたのはあれだけ？」

「ああ。……あれは私の獲物だ、手は出さないでくれ」

繰《く》り返す巽二郎の表情は、言葉とは裏腹に覇気《はき》がない。

それが妙《みょう》に引っかかって、昌浩は巽二郎をじっと見つめていた。

昌浩同様に巽二郎を見ていた物の怪が、尻尾《しっぽ》をひょんと振って首を傾《かたむ》ける。そのまま昌浩に視線を滑《すべ》らせて、目をしばたたいた。

この巽二郎の表情とよく似た面持《おもも》ちを、物《もの》の怪《け》は知っている。

「……悪いけど」

それまで黙《だま》っていた太陰が、中空で仁王《におう》立ちのように腕組《うでぐ》みをしている。巽二郎を見下ろす瞳《ひとみ》は険しく、幼い風情《ふぜい》の相貌《そうぼう》を怒《いか》りに似たものが彩《いろど》っていた。

「それはあんたの都合であって、付き合ってやる義理はわたしたちにはないわ。このままあの妖を放っておいたら大変なことになるのよ。それに」

組んでいた腕《うで》をほどき腰《こし》に当てて、太陰は周囲をぐるりと見渡《みわた》した。

「わたしたちは晴明から、妖を退治てこいって言われてるのよ。都人が被害《ひがい》に遭《あ》ってて、彰子姫《ひめ》だって危ない目に遭ったのよ。昌親がいたから無事ですんだけど、そうじゃなかったらどうなっていたか」

畳《たた》みかける太陰の糾弾に、巽二郎は口惜《くちお》しげに唇《くちびる》を噛《か》んで拳《こぶし》を握《にぎ》り締《し》めている。

だが、決して反論しようとはしない。

その姿に既視感《きしかん》があって、物の怪は漸う口《ようよ》を開いた。

「お前、周りから実力不足とか散々言われている口だろう」

昌浩はえっと目を瞠《みは》った。

巽二郎は弾かれたように顔をあげ、物の怪を睨《にら》みつける。

「そ…っ、……」

ふいと顔を背《そむ》ける巽二郎の仕草が物の怪の言葉を裏付けたようなものだ。

「あれだな。巽二郎とかいうのが風伯の中の地位のひとつで、その名を継《つ》ぐには力不足とか、先代の巽二郎に比べて、とか、不安だとか、そういった手合いのことばかり聞かされてて吹聴《ふいちょう》されてたりなんかして、だから躍起《やっき》になって妖退治しようとして、うっかり逃《に》げられて必死でこんなとこまで追っかけてきたのが真相と見た。ついでに、もしかしたらお前以外の風伯の奴《やつ》らは大層立派で、引け目があったりなんかして」

立て板に水を流すように滔々《とうとう》と語った物の怪は、一息ついて巽二郎を斜に見やった。

「ほんとは、あの妖を仕留められる自信もないんじゃないのか?」

巽二郎の顔が強張《こわば》っている。どうやら図星のようだった。

瞬《まばた》きをした昌浩は、何が引っかかっていたのかを理解した。

力不足なのをわかっていながらやらざるを得ない。認めてもらうために必死で、でもどうしても思うようにいかなくて、から回る。

まるで、見鬼の才を封《ふう》じられていた頃《ころ》の自分のようではないか。

「……酸与を仕留めればいいんだな?」

昌浩が確認《かくにん》すると、巽二郎はぎくしゃくと頷く。昌浩はよし、と破顔した。

「じゃあ、俺たちが手伝ってやる」

物の怪も頷いている。

巽二郎は戸惑《とまど》ったようにふたりを交互《こうご》に見返した。

そこに、抗議《こうぎ》の声が上がった。

「ちょっと、わたしは反対よ！」

風をまとった太陰が眉目《びもく》を吊《つ》り上げている。

「こんなのにかかずらってる間に酸与が暴れたらどうするつもり？　三条の市はめちゃくちゃにされて、行成の牛車だって横倒《よこだお》しにされたのよっ」

そうだった。

昌浩はうーんと唸《うな》った。

「そうなんだけど…、でも、一人前だ、て思ってもらえないのは、口惜しいもんだよ」

「お前はいまでも半人前だって言われてるもんな」

「うるさいな」

物の怪の合いの手に、昌浩は眉間《みけん》にしわを寄せた。

「力を合わせれば、それだけ早く片がつくじゃないか。よその国までくるのって大変だろうし、ここで知り合ったのもなにかの縁《えん》かもしれないしさ」

太陰は剣呑《けんのん》に巽二郎を睨みつけている。対する巽二郎は、驚《おどろ》きを隠《かく》せない様子で昌浩を見つめた。

「……、あ、いや、だが、手を借りるわけには…」

はっと我に返ってぼそぼそと言葉を並べる巽二郎を指差して、太陰は目をすがめた。

「ほら、本人もこう言ってるわ。手を貸してやる必要なんかないわよっ」

すると、それまでずっと沈黙《ちんもく》していた白虎がやおら手をあげて太陰を制した。

「太陰、なぜそこまで頑強《がんきょう》に反対するのか、理由はなんだ」

低い問いかけに、太陰は憤然《ふんぜん》と答えた。

「いけ好かないからよっ！」

白虎は一度瞬きをして、軽く嘆息《たんそく》した。

「それはお前の感情であって、巽二郎に協力できないという理由にはならんな。いけ好かないのひとことで片づけるな」

白虎に諭《さと》されても、太陰は一向に引かない。

「絶対に嫌《いや》よ、酸与の一匹《ぴき》や二匹、わたしと白虎だったらあっという間に仕留められるわよ。なのになんだってこんな奴を立ててやるために協力してやらなきゃならないのっ！」

「そこまで言う必要はないだろう。まったく、そんなに嫌だというなら、お前は何もしなくていい。昌浩と騰蛇とともに俺が手を貸せばすむ話だ」

ため息混じりの白虎の台詞《せりふ》に、太陰の顔色が変わった。

「だめよっ！　白虎だって手を貸したらだめ！」

「どうしてだ。お前が反対する理由がわからん」

「だめったら絶対だめ！　巽二郎だかなんだか知らないけど、こいつが謝らない限り絶対協力なんかしたらだめよっ！」

昌浩と物の怪は顔を見合わせてから白虎に尋《たず》ねた。

「何か、あったのか？」

「巽二郎、なにやったんだ？」

問われた側は少し考え込んで記憶《きおく》を手繰《たぐ》っている様子だった。

首を傾けている白虎の様子に焦《じ》れた太陰が、巽二郎を指差してわめく。

「こいつはわたしたちの風を、あの程度呼ばわりしたのよ！　それに吹《ふ》っ飛ばされて落ちたくせに！」

なるほど、そういうことか。

合点《がてん》のいった物の怪がやれやれと肩《かた》をすくめる。風将としての矜持《きょうじ》をいたく傷つけられたということか。

その時点で物の怪は目をしばたたかせた。

「……取り込み中だが」

一同の目が物の怪に注がれる。

「いい加減降りてやらないと、車之輔が往生しとる」

「あ」

自分たちがどこにいるのかを思い出した昌浩が目を瞠った。

彼らはいま、車之輔の屋形の上に乗っていたのだ。

慌《あわ》てて飛び降りた昌浩は、輪の中央に浮《う》かんでいる鬼の顔に詫《わ》びた。

「ごめん車之輔。重かったか?」

がたがたと車体を揺《ゆ》らす車之輔が柔《やわ》らかい目をしている。

「いえいえ、そんなことは決して。ただ、皆様《みなさま》がお集まりになるには、やつがれの屋形は少々手狭《てぜま》ではないかと、それが気がかりだっただけです、だとさ」

ぽてぽてとやってきた物の怪の通訳に、昌浩はほっと胸を撫《な》で下ろした。

一方、太陰は白虎と対峙《たいじ》していた。

「では、巽二郎が心の底から謝れば、お前も協力を惜《お》しまないということでいいか?」

「惜しむわよっ。……惜しむけど、都人に害が及《およ》ぶよりはましだし、晴明の命令もあるから、白虎が言うなら力を貸す」

仏頂面《ぶっちょうづら》で渋々《しぶしぶ》と折れた太陰に頷《うなず》き、白虎は巽二郎に向き直った。

「ということだ」

子どもの形をした巽二郎は、不承不承ながらも頭を下げた。

「……さっきは、心ないことを言って、すまなかった」

腕組《うでぐ》みをしていた太陰は目を細め、仕方ないとばかりに息をついた。

「誰であれ、初対面の相手に失礼なことは言わないことね」

「心に刻んでおく」

殊勝《しゅしょう》に頷く巽二郎に、太陰はふっと笑って見せた。

「じゃ、行くわよ」

そのまま風をまとって空に翔けあがっていく太陰を、巽二郎は茫然と見送っていた。

「…………」

ぽかんと口を開けて空を見上げている巽二郎の肩を、不審《ふしん》そうに昌浩がぽんぽんと叩《たた》く。

「巽二郎？　早く行かないと、見失っちゃうよ？」

はっと我に返った巽二郎は、慌てて飛翔《ひしょう》していく。

その顔が真っ赤になっていたことに、白虎と物《もの》の怪《け》は気づいていた。

「じゃあ俺も行ってくる。悪いが騰蛇、晴明に成り行きを説明しておいてくれるか」

「お前たちが戻《もど》る前に俺たちが帰ってたらな」

ぱたぱたと前足を振《ふ》る物の怪に一笑し、白虎も風をまとって飛んでいく。

三人の影《かげ》は、闇《やみ》にまぎれてすぐに見えなくなった。

車之輔の傍《かたわ》らで空を見上げている昌浩に、物の怪は静かに言った。

「……お前、自分と巽二郎が重なったんだろう」

昌浩は瞬きをして物の怪を見下ろすと、その白い体をひょいと抱《かか》えあげた。

「うん。だって、俺のときは、なんだかんだでじい様とかもっくんが助けてくれたじゃん」

どれほど粋《いき》がっても、結局力不足はどうにもできなくて、物の怪の助けがどれほど頼《たよ》りになったか。

「風の神様は、きっともっと大変だろうし。ひとりで全部やらなきゃいけないのはかなりしんどいよ」

物の怪の頭をわしゃわしゃと撫でて、昌浩は仄《ほの》かに笑った。

「もっくんとか六合とか、みんないてくれて、俺、よかったなぁ」

撫でられるままになっている物の怪の瞳《ひとみ》が和《なご》む。

昌浩の傍らにずっと隠形していた六合も、かすかに笑ったようだった。


やけに風が強い。

びゅうびゅうと唸りをあげる風に屋根が飛ばされはしまいかと、玄武はひやりとしたものを感じていた。

様子を見るために登った屋根上には、天一と朱雀が先客としてたたずんでおり、ふたりとも南方の空を見つめている。

彼方《かなた》に漂《ただよ》う神気は、紛《まぎ》れもなく同胞《どうほう》たちのものだった。

「この風を操《あやつ》っているのは、太陰ではないのか」

胡乱《うろん》げに呟《つぶや》く玄武に、ずっと様子を窺《うかが》っていたらしい天一は静かに頷く。

「ええ。どうやら、異形の気配を追っているようだけど……」

太陰と白虎の神気の近くに、もうひとつ別の気配がある。それは天一が、昼間に市で感じたものと同じだった。

「――あ、異形が叩き落とされたぞ」

逃《に》げる異形の前方に回りこんだ太陰が、力任せの竜巻《たつまき》を放ったのが伝わってきた。

その余波が、時間を置いて安倍邸《てい》周辺まで押し寄《よ》せてくるのを感じ、玄武は青くなった。

「ま、まずいぞ。天一、結界を…」

促《うなが》している最中《さいちゅう》に、凄《すさ》まじい疾風《しっぷう》が駆《か》け抜《ぬ》ける。

「う、わー…っ…！」

かばう朱雀の腕《うで》の中で天一は身を硬《かた》くする。彼女のまとうひらひらとした衣《ころも》が大きく翻《ひるがえ》った。

池の水が激しく波立ち、木々がしなってぶつかり合う。庭に転がっている大きめの石が転がり、池に落ちて飛沫《しぶき》が上がった。

閉じられている蔀《しとみ》もばたばたと音を立てている。

「朱雀、私、彰子姫《ひめ》のところに様子を見に行くわ。怯《おび》えていらっしゃるかもしれないもの」

やまない疾風はますます強くなっていく。まるで嵐《あらし》のようだ。

太陰と白虎の風だけではこうはならないだろう。

「天貴《てんき》、ひとりでは危ない。俺が連れて行ってやる」

愛《いと》しい恋人《こいびと》を包み込むようにしながら、朱雀はふと周囲を見渡《みわた》した。

「そういえば、玄武はどうした？」

いつの間にか姿が見えない。

「え？　あ、朱雀、あそこに…」

手をかざしながら視線をめぐらせた天一が、軽く瞠目《どうもく》して指し示す。

天一の指の先では、建物から少し離《はな》れた池に、渋面《じゅうめん》を作った玄武がぷかぷか浮いていた。

未《いま》だに高波のやまない池で水に翻弄《ほんろう》されながら、玄武は低く唸《うな》った。

「おのれ…」

翌日は青天だった。

強風のせいで買い物ができなかった彰子は、二日連続で買い物に出た。

今日も天一と朱雀が隠形してついてきてくれている。昨日の件があったので、朱雀は自ら随《ずい》身《じん》を買って出てくれたのだった。

てくてくと歩いてたどり着いた三条の市は、いつものように活気にあふれていた。強風でひどい状態になっていたはずの露店《ろてん》もすっかり立ち直っている。

都人はたくましいのだ。

「そういえば、今朝からずっと玄武の機嫌《きげん》が悪いみたいだったけど、どうかしたの？」

ひとに聞こえないようにそっと尋《たず》ねた彰子に、隠形している天一と朱雀は互《たが》いの顔を見合わせた。

《それは……》

真実を話すと、玄武の沽券《こけん》に関《かか》わる。

どうしたものかと言い澱《よど》むふたりの様子を訝《いぶか》った彰子がさらに口を開きかけたとき、彼女を呼び止める声がした。

「おや、藤花殿か？」

彰子をそう呼ぶ人間は限られる。昨日会った昌親と、もうひとりだけだ。

振り返った彰子は、破顔している安倍家の長男を認めてほっと息をついた。

「成親様、お久しぶりです」

「どうしたんだ、こんなところで。…ひとりではないようだから、不安はないかな」

隠形している天一と朱雀の神気を僅《わず》かに感じ取り、成親はひとつ頷く。

「だが、最近の市は物騒《ぶっそう》だから、用心に越したことはない。昌浩が帰ってきてから一緒《いっしょ》にきてもらうくらいのことをしても、ばちは当たらないと思うが」

彰子は慌《あわ》てて首を振った。

「いいえ！　昌浩は色々と忙《いそが》しいんです、私のためにそんなことはさせられません」

言ってから、陰陽寮《おんみょうりょう》の暦博士である成親が昌浩の仕事のことを知らないわけはないということに思い当たり、彰子は慌てて頭を下げた。

「あ…すみません、私…」

「ん？　何を謝っているのやら。俺のほうこそ考えなしなことを言った、忘れてくれ」

そう朗《ほが》らかに笑う成親の目が優《やさ》しいので、彰子はほっとした。昌浩の兄上に不快な思いをさせたくはない。結婚《けっこん》して安倍の家を出てはいても、彼は間違《まちが》いなくあの家の人間なのだ。

離れていても家族だと胸を張っていえる成親や昌親が、彰子はほんの少しうらやましいと思った。

自分の家族は、もう二度と帰れない東三条殿にいる。いまも家族だと思っているけれど、家族たちにとっての彰子は中宮で、本当の彼女が安倍邸にいることが、父しか知らないことなのだった。

誰にも決して言うことはないが、彰子の中には寂《さび》しさがある。安倍邸以外にはどこにも行き場がない。ここにいていいのだと、心の底からなんの躊躇《ためら》いもなく思える時が、果たしてくるのだろうか。

それを口に出さないのは、それを聞いたら昌浩や晴明が悲しむだろうということがわかっているからだった。

どちらから言い出すこともなく自然に歩き出したふたりは、しばらく露店に並ぶ品々を眺《なが》めて他愛のない話をしていた。

「…藤花殿、安倍の邸《やしき》は狭《せま》いでしょう」

突然《とつぜん》そんなことを言われて、彰子は目を丸くした。

「いいえ、そんなことは」

「いまは俺も昌親もいないから空いてますが、大貴族の邸とくらべると、一目瞭然《いちもくりょうぜん》に小さいんですよ」

成親が何を言いたいのか、その意図がわからなくて、彰子は困惑《こんわく》するばかりだ。

でもねと、成親は穏《おだ》やかに目を細める。

「いつも誰かが近くにいて、その姿が見えるから、俺はあの邸が好きでね。ま、見えない奴《やつ》らも多いんだが」

ちらと視線を投げる先には、隠形している神将たちがいるのだった。

怪訝《けげん》そうに自分を見上げてくる彰子が被《かず》いている衣は、露樹《つゆき》のものだ。いま彼女がまとっている衣のほとんどは、露樹が娘《むすめ》時分に大切にしていたものなのだと、成親は知っている。

本当に大切で大好きな衣だったから、いつかあなたたちの奥方《おくがた》に譲《ゆず》れたらいいのだけどと、丁寧《ていねい》に手入れをしながら語っていた母の横顔が思い出された。

「あんな邸でも、住みやすいと思っていてくれるといいのだが」

彰子は勢い込んだ。

「とても、好きです。晴明様はお優しいし、吉昌様も露樹様もよくしてくださるし、天一や玄武たちは私のことを色々と気遣《きづか》ってくれて。それに、時々雑鬼たちが遊びに来てくれるんです。それがとても楽しくて。東三条のお邸よりずっと、毎日が楽しいんです」

うんうんと頷《うなず》いて聞いていた成親は、内心でほほうとほくそ笑んだ。

さてさて、昌浩の名前が出なかったのは、無意識なのかそれとも意識的にか。

「あ、あの、それと…」

成親が何も言わないので、彰子はさらに言い募《つの》ろうとした。そのときだ。

「これは、成親様」

成親と彰子はそちらを見やった。彰子の知らない少年が、驚《おどろ》いたように目を瞠《みは》りながら足早にやってくる。

「おや、陰陽生の敏次殿ではないか」

そう返す成親の表情が、先ほどまでの砕《くだ》けたものから一転してすっと精悍《せいかん》なものに変わる。

陰陽生の敏次。名前は聞き知っている。

それほど高位の官人ではないから中宮の容姿などはもちろん知らないだろうが、だからといって顔を見られでもしたら大変だ。

「こんなところで貴殿《きでん》に遭遇《そうぐう》するとは珍《めずら》しいな」

成親に一礼した敏次は、辺りを見回しながら口を開いた。

「昨日、この市が強風に襲《おそ》われたというので、行成様の牛車を襲ったものと何か関係があるのではないかと思い、独断で調査に参ったのです。……ですが、どうも私の取り越し苦労《ぐろう》だったようです。成親様は…？」

苦笑《くしょう》混じりの敏次になるほどと頷いて、成親は余裕《よゆう》の笑《え》みを浮《う》かべた。

「このあとで行成様のお見舞《みま》いに伺《うかが》おうと考えていたところでな。土産《みやげ》に酒の肴《さかな》を見繕《みつくろ》っていた」

敏次の目が輝《かがや》いた。

「もし差し支《つか》えなければ、ご一緒《いっしょ》させていただいても構いませんか。占じてみたところ、風の中にまぎれていた妖は、もう都から消え去ったとの結果が出ましたので、それをお伝えせねばと思っていたのです」

「ああ。それを聞けば行成様もご安心なさるだろう」

鷹揚《おうよう》に頷く成親の背後にそっと隠れている彰子に、敏次はふと目をとめた。

注がれている視線に、彰子は息を詰《つ》めてひたすら沈黙《ちんもく》している。

「……あの、失礼ですが、そちらの女性《にょしょう》は…」

被いた衣《ころも》の下で、彰子はぎくりと身を強張《こわば》らせる。隠形している天一が彰子にそっと寄り添《そ》い、朱雀が背負った大剣の柄《つか》にすっと手をかけた気配があった。

「ああ、こちらはな」

彰子を肩越《かなご》しに一瞥《いちべつ》して、成親は敏次に向き直り、これ以上ないほど爽《さわ》やかに笑った。

「うちの末弟《まってい》の未来の妻だ。間違っても顔を見ようなどとは思ってくれるなよ、私があれに叱《しか》られてしまう」

敏次は目を瞠った。

「ああ…！　昨年の終わり頃《ごろ》に迎《むか》えられたという姫君ですか！　これは、とんだ失礼を。無知ゆえの非礼であったと、どうぞお許しいただきたい」

慌てて謝罪する敏次に、彰子は沈黙したままこくこくと頷いた。

「正式に婚姻《こんいん》したわけではないのでな、許婚《いいなずけ》と呼ぶべきかもしれないが…。ま、そういうことなので、吹聴《ふいちょう》なども控《ひか》えてもらえると助かる」

やんわりと釘《くぎ》を刺《さ》す成親に、敏次は勢い込んで頷いた。

「はい！　お任せください、決して風聞などにはのせません」

満足そうに頷き、成親は彰子を振り返った。

「では、私はここで。おひとりでも大丈夫《だいじょうぶ》か？」

彰子は黙《だま》って頷く。さりげなく成親が視線を向けた先に、応じるような朱雀の気配があった。

「では、許婚殿、お気をつけて帰られよ」

敏次は彰子にもう一度頭を下げ、成親と連れ立って行く。

ざわざわという市のざわめきの中で、彰子はほうと息をついた。

「ああ驚いた」

まさか陰陽生に出くわすとは。

「早くお買い物を済ませて、お邸に戻《もど》らなきゃ」

歩き出す彼女の胸の中で、成親と敏次の言葉が交互《こうご》に響《ひび》く。

未来の妻。許婚。

仄《ほの》かな笑みが唇《くちびる》ににじむ。

もちろんそれはその場の言い繕《つくろ》いなのだが、いつか本当の家族になれるのだと、安倍の邸にいてもいいのだと言われたような気がして、胸の中がほんのりとあたたかかった。

十二神将太陰は、激昂《げっこう》していた。

「用は済んだから、とっとと帰りなさいよ！」

安倍邸《てい》の屋根の上だ。

敷地《しきち》を取り囲む結界があるので本来ならば部外者は立ち入れないはずなのだが、外つ国の神に対して礼を尽《つ》くそうとした晴明が許したため、異二郎は太陰の前にいた。

その手には、明け方ようやく仕留めた酸与《さんよ》が逆さ吊《づ》りにされていた。

異二郎は子どもの風体なので、鶴《つる》ほどもある酸与を完全に吊り下げるには少々背丈《せたけ》が足りない。おかげで酸与の胴《どう》から上は、屋根に乗っている。

「いや、あの」

しきりに言い澱《よど》んでいる異二郎に、太陰はくわっと牙《きば》を剝《む》く。

「何よっ！　何か言いたいことでもあるの⁉　仕留める以外に何かあるわけ⁉」

「いや、それは、ない」

「だったらなにっ⁉」

太陰とて、最初からこれほど喧嘩腰《けんかごし》だったわけではない。酸与を手に現れた異二郎が、なにやら口の中でもごもごとしきりに言っているのだが、もごもご言っているのでさっぱり要領を得ないのだ。あまりにもはっきりしないので、どんどん語調が荒《あら》くなり、いまに至るのであった。

腰《こし》に手を当てて仁王《におう》立ちになった太陰の少し後方には、白虎と勾陣が興味深そうな様子で控えている。

観客の視線が巽二郎の口をさらに重くしているのだが、そうとわかっていても退散してやる必要性を感じないふたりである。大体あの様子では誰もいなくてももごもご言って太陰を怒《おこ》らせるのが関の山だ。

「言いたいことがあるならはっきり言いなさいよっ！」

「あ、あの、実は、こ、これを…っ」

ついに意を決したらしい巽二郎は、手にしていた酸与を太陰に突《つ》き出す。

目の前に鳥妖《ちょうよう》の足を突きつけられて、太陰は少し反り返った。

「……はぁ？」

意味がわからない。

胡乱《うろん》げに眉《まゆ》を寄せる太陰に、巽二郎はしどろもどろに言った。

「儀式《ぎしき》で狩《か》った妖は、ずっと保管されるのだ。それは、一人前になった証《あかし》で、その、誇《ほこ》りというか、誉《ほま》れというか、一生に二度と得られないもので」

「だったら早く帰って倉でも棚《たな》でも箱でもいいから大事にしまっとけばいいでしょうっ」

その通りである。

「……っ、……そ…そう、だが…」

まだぐだぐだと何かを言いそうな巽二郎の煮《に》え切らない態度に、太陰の頭のどこかで何かが切れた。

「────いいから」

ぶわりと迸《ほとばし》る神気が嵐《あらし》のように舞《ま》い上がる。

「えっ？」

太陰の嵐は巽二郎を包み込むと、勢いよく中空に押し上げた。

「さっさと帰れ────っ！」

「────……っ」

竜巻《たつまき》に呑まれた巽二郎が何かを叫《さけ》んでいるが、風に掻《か》き消《け》されて届かない。

瞬《また》く間に見えなくなった異邦《いほう》の風伯の心情を慮《おもんぱか》り、白虎と勾陣は気の毒そうに息をついた。

「何も、あそこまでしなくとも…」

哀《あわ》れみの視線を彼方《かなた》に向ける勾陣に、呆《あき》れ混じりの白虎が口を開く。

「まぁ、あれにわかれというのも無理な話だ」

「確かにな」

しきりに交わされている同胞《どうほう》たちの主語を省略した会話に、太陰は不審《ふしん》げな眼差《まなざ》しを向ける。

「なんなの？」

「……巽二郎は、大変だなあと思ってな」

いやに重い勾陣の台詞《せりふ》に、太陰はああと西方の空を見やった。

「ほんとにそうよ。名のある役目を担《にな》うんだから、早く帰って責務を全《まっと》うしなきゃいけないんだし。あちらの国の神仙《しんせん》が住まうのは、大陸の奥のほうなんでしょう？　帰るのだって一苦労だわ」

だからわざわざ風で送ってやったのだ。太陰の風は嵐と評されるが、疾《はや》さには定評がある。

「感謝しなさいよね、巽二郎」

突風《とっぷう》が吹《ふ》きぬける。

「うわ…っ」

書類が吹き飛ばされそうになって、昌浩は慌《あわ》てて押さえた。

「いまの、太陰の、風…？」

「というか、嵐だな」

突然《とつぜん》の風でよろめいた物《もの》の怪《け》が尻尾《しっぽ》を振りながら渋面《じゅうめん》を作る。

予測していなかった突風で、いたるところで小さな騒《さわ》ぎが生じている様子だ。飛散した料紙や崩《くず》れ落ちた書物の山などを思い、それを誰が片づけるんだろうなぁと昌浩は少しだけ憂鬱《ゆううつ》になった。

「酸与を持って帰れば、あいつも少しは認められるだろう」

「そうだね」

たくさんいるだろう神仙の、風伯。その中の巽二郎という存在は、名があるくらいだからそれなりに重いのだと思う。

名前の重さに負けないようにとがむしゃらになる気持ちは、昌浩にはよくわかる。

「また、遊びに来ればいいのに」

「そうだな」

風に乗ってここまで来れば、帰りは太陰の嵐で超《ちょう》特急だ。

神仙だって、少しは息抜《いきぬ》きをしていいと思う。

「昌浩殿、こちらを手伝ってくれ」

奥から出てきた敏次に呼ばれて、昌浩は立ち上がった。

「どうしたんですか？」

「先ほどの突風で、棚の上に積んであった書物が雪崩《なだれ》を起こしたらしい」

まったく、普段《ふだん》からきっちり並べておけば簡単に崩れたりはしないだろうに。

憤《いきどお》っている敏次に頷《うなず》く昌浩の肩《かた》で、物の怪が剣呑《けんのん》な目をしている。概《おおむ》ね同意だが、相手が敏次だというのが納得《なっとく》できないといわんばかりの顔だ。

やれやれと肩をすくめたくなった昌浩は、前からこちらにやってくる人物に目をとめた。

「…行成様」

昌浩の呟《つぶや》きに、敏次が足を止める。

目を丸くしている敏次と昌浩の許にやってきた行成は、まだ額に包帯を巻いていた。

「行成様、お怪我《けが》が治っていないのに外出されるのは……」

気遣《きづか》う敏次に、右大弁と蔵人頭を兼任《けんにん》する有能な官吏《かんり》は苦笑《くしょう》混じりの顔をした。

「ああ、私もできれば休んでいたかったんだが、急な召集《しょうしゅう》があってね。主上《おかみ》のお召《め》しとあっては、断るわけにはいかないよ」

敏次と昌浩は言いたいことを喉《のど》の奥で呑《の》み込んだ。

主上の命令ならば、致《いた》し方《かた》ない。この国で今上に異を唱えられるものはいないのだ。

額を押さえて首を傾《かたむ》けた行成は、ふと気づいた様子で昌浩を見た。

「そういえば昌浩殿、昨日成親殿と敏次から聞いたんだが……」

「はい？」

目をしばたたかせる昌浩と行成の間に、慌てた敏次が割って入る。

「ゆ、行成様っ、あの、ご用《よう》はもういいのですかっ」

泡《あわ》を食う、という言葉を見事に体現している敏次の慌てぶりに、行成は面白《おもしろ》そうに目を細める。

「いいじゃないか。成親殿もこのくらいだったら許してくださるだろうし」

「ですがっ、その、私は成親様と絶対に他言はしないとお約束したのです。それを破っては…」

懸命《けんめい》に言い募《つの》る敏次の肩を叩《たた》き、行成は片目をつぶった。

「敏次が話したわけではないのだから、約束を破ったことにはならないさ。私が成親殿から伺《うかが》ったのだし」

「でも、でもですね、やはり…」

ふたりのやり取りを聞いている物の怪と昌浩は胡乱な様子だ。

「成親が何かいったのか?」

首を傾《かし》げる物の怪に、昌浩はちらと視線を向ける。ふたりがいるので物の怪と話すこともできない。

成親は年の離《はな》れた昌浩の兄で、結婚《けっこん》して家を出ている。ここのところ顔を合わせていないのだが、何かあったのだろうか。

成親の勤め先は陰陽寮《おんみょうりょう》の暦部署だ。

気になる。仕事のあとで寄ろうか。

胸の中で思案している昌浩の空いているほうの肩を、誰かが叩いた。

振《ふ》り返ると、長兄《ちょうけい》の成親が立っていた。

「あ、兄上」

「おお末弟《まってい》、元気そうだな。兄は嬉《うれ》しいぞ」

視線だけを物の怪に向けて、お前もな、と言いたげな顔をする成親に、物の怪は耳を振って応じた。

「それはいいが、お前こいつらに何を言った？」

物の怪の声は行成や敏次には聞こえない。成親は目をしばたたかせて、にやりと笑う。

それを見た昌浩は、嫌《いや》な予感を覚えた。なんだろう。

「あ、成親様」

兄弟のやり取りを聞きつけた敏次が振り返る。

「やあ成親殿、昨日はお見舞《みま》いありがとう」

朗《ほが》らかな行成に、成親も笑顔《えがお》で応じた。

「いえいえ、大した土産《みやげ》も持参できず、却《かえ》って気を遣《つか》わせてしまったのではないかと案じておりましたよ」

会話の流れで、成親が昨日行成の邸《やしき》に行ったというところまではわかった。

それがどうして敏次と行成の言い合いにつながるのかが解《げ》せない。

怪訝《けげん》そうな昌浩に、声をひそめた行成が言った。

「実は昨日、敏次がきみの許婚殿《いいなずけどの》にお会いしたというんだ」

「行成様っ」

色を失う敏次だが、もはや後の祭りだ。

昌浩は、ぽけらっと口を開けて行成を見返した。

いいなずけ。いいなずけって誰だ。

固まっている昌浩の様子に、敏次は何か誤解したものらしい。慌てて弁解を試みた。

「いや、いや、違《ちが》うのだ昌浩殿。たまたま三条の市で成親様にお会いして、その場に君の許婚殿がいらしたので、本当に偶然遭遇《ぐうぜんそうぐう》したという話だ、それ以外の何ものでもない」

昌浩と物の怪は同じ顔で行成と敏次を眺《なが》めていたが、物の怪のほうがいち早く気づいたらしい。

夕焼けの瞳《ひとみ》を目いっぱいに見開いて、がばっと成親を振り返る。

「成親、こいつらが言っているのは…！」

成親は悪人のような目をしてにまにまと笑って沈黙《ちんもく》している。否定しない。すなわち肯定《こうてい》だ。

凍結《とうけつ》していた思考回路がようやく動き出した昌浩は、みるみるうちに青くなり、それから真っ赤になった。

「……………っ、やっ、のっ、かっ、いっ」

言いたいことが波濤《はとう》のように押し寄《よ》せるが、まともに言葉にならない。

「昌浩殿？　昌浩殿、大丈夫《だいじょうぶ》だ、かんばせを拝したりなぞはしなかった、天地神明にかけて！

いくらなんでも後輩《こうはい》の未来の妻にそのような失礼を、私がするわけがないだろう！」

びきっと音を立てて固まった昌浩の肩から成親の肩に飛び移り、物の怪は深々と嘆息《たんそく》した。

とどめである。

「……仕組んだな、この悪党め」

成親は目をすがめて笑う。

「失礼な。これは外堀《そとぼり》を埋めているというんだ」

悪びれない成親に、物の怪《もののけ》は呆《あき》れ返って言葉もない。

「昌浩殿？　昌浩殿、どうした」

「ややっ、熱がある。昌浩殿、しっかりしろ！」

慌《あわ》てふためく敏次と行成を見ながら、物の怪は半眼で尻尾《しっぽ》を振る。

さすが、たぬきと名高い安倍晴明の孫。

策士である。

ほかの者ではこうはいくまい。

「…ま、頑張《がんば》れ、晴明の孫」

そっと呟いて、物の怪は片前足で額を器用に押さえた。

少年陰陽師

それはこの手の中に

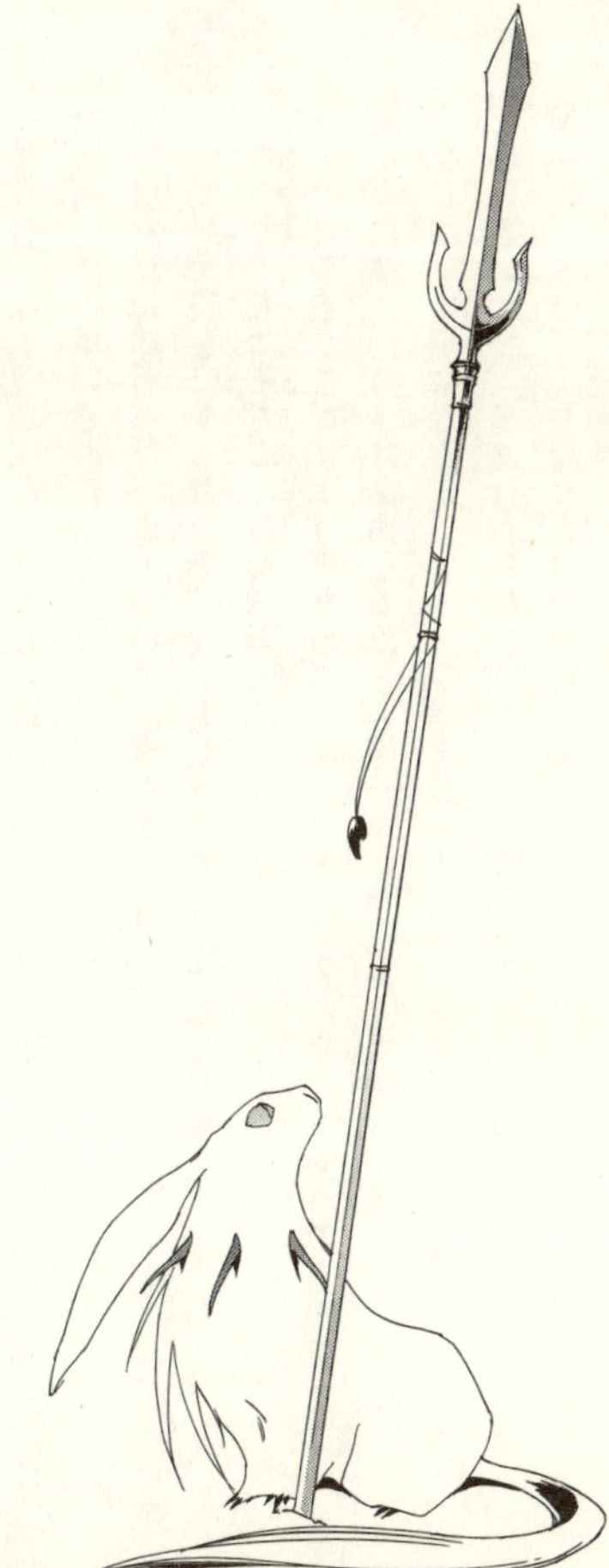

長倚子《ながいし》に片胡坐《あぐら》をかいて、十二神将勾陣は、半分呆《あき》れて半分笑ったような顔をしていた。

彼女の前には水鏡《みずかがみ》のぼんやりとした青い円があって、その向こうには白い物《もの》の怪《け》が不機嫌《ふきげん》そうな渋面《じゅうめん》を作っているのだった。

腕《うで》を組んだ勾陣が、ため息をついて前髪《まえがみ》をかきあげる。

「いい加減お前も口うるさいぞ。大丈夫《だいじょうぶ》だと何度言わせるんだ」

『お前の大丈夫はあてにならん。天一はどうした』

「巫女《みこ》のところだよ。私より巫女のほうがよほど精神的に参っているのでね」

彼女の言葉に物の怪はああなるほどと得心がいったように頷《うなず》いた。

そうして、半眼になる。

『だからといって、考えなしに歩き回るなよ。まだ本調子じゃないんだからな』

勾陣は、先ほどより深々と息をついた。

「お前、その言葉が何度目なのか自覚はあるか?」

物の怪はふんとふんぞり返って偉《えら》そうな顔で斜に構えた。

『通算十回目だったかな』

がくりと肩《かた》を落として、勾陣は額を押さえる。

「自覚があったのか…」

うんざりした様子の勾陣に、物の怪はにやりと笑って尻尾《しっぽ》を振《ふ》る。

『ところで……』

返事をするのも億劫《おっくう》な表情の勾陣だったが、律儀《りちぎ》に反応する。

「なんだ」

物の怪は一転思慮《しりょ》深い顔になった。

『その後、様子はどうだ？』

気遣《きづか》わしげな物の怪に、勾陣も似たような顔になった。

「ああ…」

口元に指を当てて思案する風情《ふぜい》の勾陣は、ちらと視線をめぐらせた。

開いた窓の向こうに、道反《ちがえし》の聖域が広がっているのだ。

ちょうど窓と直角に浮《う》かんでいるので、水鏡の向こうからもこの光景は一望できる。

すっかり落ちつきを取り戻《もど》した道反の聖域は、静謐《せいひつ》な空気に満ちて荘厳《そうごん》さにあふれていた。

不測の事態で長滞在《ながたいざい》になってしまった昌浩たちが帰京して、当初の予定通り残った勾陣と天一である。

あともうひとり、予定にはなかったが残留したのが六合だった。

水鏡の向こうで物の怪が複雑な目をしたのに気づき、勾陣は目をすがめて笑った。

「どうした騰蛇。渋《しぶ》い顔だな」

『……後始末を押しつけたことを申し訳なく思ってるんだ、これでも』

勾陣は、さもおかしそうにして喉《のど》の奥で小さく笑った。

あの騰蛇がそんな殊勝《しゅしょう》なことをいう日がこようとは。

くっくっと笑う勾陣を見ている物の怪の目が据《す》わる。苦虫を六十匹《ぴき》ほど嚙《か》み潰《つぶ》して味わったあとのような顔をして、物の怪は耳をそよがせた。

『柄《がら》にもないことを言い出した俺が間違《まちが》っていた。今後はもう絶対こんなことは言わん』

へそを曲げた物の怪に、勾陣はとりなすような目をして軽く手を振る。

「悪かった、そういう意味じゃなかったんだが」

『じゃあどういう意味だ』

「まぁまぁ」

軽くいなしているときに、はるか向こうからどどーんという轟音《ごうおん》が聞こえた。

水鏡を通して会話していた物の怪と勾陣が同時に目を丸くする。

窓の向こうを見はるかし、勾陣は怪訝《けげん》そうに瞬《まばた》きをした。

「いまのは…」

『なんだ、あれは』

「さあ」

本当にわからない勾陣が首をひねっているのを見て、物の怪も追及をあきらめたらしい。

やれやれと言いたげな顔で肩をすくめて、物の怪は尻尾を振った。

『ああそうだ、朱雀が天一の顔が見たいといっていた。伝えておいてくれ』

「ああ。昌浩たちによろしく」

返事の代わりに白い尻尾がひょんひょんと揺《ゆ》れる。

水鏡の映像が大きく揺れて、仄《ほの》青い波紋《はもん》が鏡面を覆《おお》った。

玄武が置き土産《みやげ》として残していったこの水鏡のおかげで、都にいる晴明や同胞《どうほう》たちと自由に会話ができるのだが、もっぱら物の怪と勾陣専用と化しつつある。

時折晴明や天后が彼女たちの様子を気にして顔を出すが、昌浩や彰子などは気を遣って顔を出そうとしない。

疲《つか》れさせたら悪いから、とでも思っているのだろう。

だからといって、ちょくちょくこちらの様子を訊《き》いてくる物の怪が気を遣っていないというわけではないことも、勾陣は知っている。

物の怪には昔からそういうところがあるのだ。昌浩が赤子だった頃《ころ》などは、書物の山に突進《とっしん》したり晴明の呪符をぼろぼろにしたりと、ことあるごとにささやかな惨事《さんじ》を起こしていたので、気が気でなかったらしく常に目を配っていた。

「あれだな。目を離《はな》していると何をしでかすかわからないという…」

不意に押し黙《だま》った勾陣が眉《まゆ》を寄せる。

赤子時分の昌浩と同列に扱《あつか》われるのは、さすがに納得《なっとく》がいかない。

あとで文句のひとつも言ってやろうと心に誓《ちか》った勾陣は、先ほどの轟音の正体を確かめるべく立ち上がった。

考えなしに動き回るなと言われはしたが、それに対して是《ぜ》と答えた覚えはない。

平和の戻ったこの道反の聖域で、命が危《あや》うくなるような事態など起こるはずもないだろう。

それに、多少弱ってはいるが、自分は十二神将最強に次ぐ闘将《とうしょう》なのだ。

過信でも慢心《まんしん》でもなく、それは揺るぎない事実である。

だが、万が一ということもある。

寝台《しんだい》の横の台に並べて置いておいた二本の筆架叉《ひっかさ》を取り上げた勾陣は、それを腰帯《こしおび》に差して部屋を出た。

これにいったい何の意味があるのだろう。

十二神将六合は、無表情の下で考えた。

右手に銀槍を引っさげた彼の眼前には、大蜥蜴《おおとかげ》と大百足《おおむかで》と大蜘蛛《おおぐも》が居並び、みなぎる闘気《とうき》を隠《かく》しもせずに戦闘《せんとう》態勢をとっている。

聖域の一角、湖のほとりだった。

先《せん》だっての事件の折に湖水のほとんどを失っていた湖だったが、いまではなみなみとした水をたたえている。

湖の周りは丈《たけ》のほとんどない草に覆われ、ところどころ地肌《じはだ》が覗《のぞ》く。聖域には巫女と守護妖《よう》たちしかいないものと思っていたが、鳥や小動物くらいは棲息《せいそく》しているようだった。

長い間閉《と》ざされていたが、巫女が戻ったことを受けて本来の姿を取り戻しつつあるのかもしれない。

守護妖たちだけなのは寂《さび》しかろうと思っていたので、小動物が少しずつ姿を見せるようになったことは喜ばしい。きっと気もまぎれるだろう。

そんなことを思う六合だが、相変わらず表情はない。黄褐色《おうかっしょく》の瞳《ひとみ》が僅かに感情を見せるが、慣れていないものにはその微細《びさい》な変化を読み取るのは困難だろう。

正直言って、六合は困惑《こんわく》していた。

ここまで憎《にく》まれる覚えはないのだが。

彼の困惑を知ってか知らずか、守護妖たちはやる気満々で、三匹《びき》で順番を相談している。

いわく。

十二神将の強さというものを我々は正確には把握《はあく》していない、ここに貴殿《きでん》が滞在《たいざい》しているのも何かのめぐり合わせ、一度お相手願おう。

ただの手合わせだったら相手を仰《おお》せつかることに躊躇《ちゅうちょ》はないのだが、守護妖たちの目が揃《そろ》いも揃って殺気立っているのが問題だった。

守護妖たちの妖力は、道反を守護する異形なだけに相当のものだ。大蜥蜴などは以前黄泉《よみ》の屍鬼《しき》にのっとられた騰蛇とほぼ互角《ごかく》にやりあったというから、本気でこられたら全力で迎《むか》えうたなければこちらの身が危うい。

ようやく話がまとまったらしい。大蜘蛛が進み出て、大蜥蜴と大百足が悔《くや》しそうに唸《うな》りながら後退した。

『参るぞ十二神将六合！』

轟《とどろ》くような大音声《だいおんじょう》とともに、蜘蛛は糸を吐《は》き出した。

肩《かた》にまとっていた夜色の霊《れい》布をひらめかせて糸をはじき返し、銀槍で叩《たた》き切る。光を反射して銀色にきらめく糸の間隙《かんげき》を縫《ぬ》い、巨体《きょたい》が六合の眼前に突進してきた。

『どりゃあぁぁぁっ！』

雄《お》たけびとともに一の対が振《ふ》り下ろされる。飛び退《すさ》った六合がそれまでいた場所が、轟音とともにえぐられて土砂《どしゃ》が舞《ま》い散った。

『ちぃっ、避《よ》けるとは小癪《こしゃく》なっ！』

本気で地団太を踏《ふ》んでいる大蜘蛛の唸りには、間違いなく本物の殺意がある。

間をあげずに繰《く》り出される攻撃《こうげき》をかいくぐりながら、六合はさてどうしたものかと本気で思案した。

ここで全部を放り出し三十六計を決め込むという選択《せんたく》もありだが、それをやると二度と聖域に入れそうにない。

聖域に入れないのは別にかまわないのだが、会えなくなるのは困るのである。

守護妖たちの怒りが八つ当たりであることを知っているが、彼らの気持ちもわからないではないのがまた困りものだった。

どどーんという轟音が聖域のすみずみにまで響《ひび》き渡《わた》っている。

すべての攻撃を回避《かいひ》された大蜘蛛がさすがに疲労《ひろう》の色を見せはじめたので、次鋒《じほう》である大百足が進み出てきた。

ぜいぜいと巨体を上下させている大蜘蛛を尻目《しりめ》に、百足はじりじりと間合いを計りながら数百対の足を蠢かす。

一定の距離《きょり》を保つように心がけている六合に、百足は一気に攻撃をしかけてきた。

放たれた妖気《ようき》が奔流《ほんりゅう》となって六合に叩きつけられる。霊布でそれを受け流し、百足の足元に移動した彼は、次の妖気を放とうとしている百足の体を駆《か》け上がった。

『うぬっ⁉』

疾風《しっぷう》のような俊敏《しゅんびん》さで百足の頭部にたどり着いた六合は、銀槍の柄で目の間を打ち据《す》える。

頭部を突き抜《ぬ》ける衝撃《しょうげき》に、百足はうめきながらぐらりと傾《かたむ》き、そのまま音を立てて横倒《よこだお》しになった。

百足が倒《たお》れる寸前に跳躍《ちょうやく》した六合が着地すると、それを待ち構えていた蜥蜴がくわりとあぎとを開いた。

『食《く》らえ!』

容赦《ようしゃ》なく放たれた凍気《とうき》が六合を襲《おそ》う。舞い散る氷の結晶《けっしょう》が彼の霊布に吸いついてぴしぴしと音を立てる。布を払《はら》ってそれを振り落とした六合は、放たれた第二波を撥《は》ね返すべく、闘気を爆発《ばくはつ》させた。

一閃《いっせん》させた銀槍の刃《やいば》が大気を震《ふる》わせる。

びりびりと音を立てて拡散していく神気の渦《うず》が、湖を激しく波立たせた。

高波が岸に打ち寄せ、足元に飛沫《しぶき》が飛んでくる。

構えた銀槍の刃の向きを変えて、武器の役目を斬《き》るのではなく打つことに専念させる。

放たれた凍気を裂帛《れっぱく》で粉砕《ふんさい》した六合が一気に間合いをつめ、槍の柄で蜥蜴の首を殴打《おうだ》する。

衝撃で脳震盪《のうしんとう》を起こした蜥蜴は横向きに倒れ、土ぼこりにまみれた。

続けざまに三体を相手にするのはさすがに骨が折れた。

多少上がった息を静めながら槍を収めた六合に、体勢を立て直した百足と蜘蛛が再戦を挑《いど》んでくる。

「いや…」

さすがに渋《しぶ》る六合に、百足が吼《ほ》えた。

『この程度が貴殿の実力だというのか!? 違《ちが》うだろう！ 手を抜くとは我らを愚弄《ぐろう》するつもりか！』

手を抜いたわけではないが、手心を加えていたのは事実なので六合は沈黙《ちんもく》した。

そうしなければ、守護妖の命を奪《うば》ってしまいかねないからなのだが、彼らはその気遣《きづか》いが無用だという。

さて、どうする。はいそうですか、と全力で立ち向かうわけにもいかない。彼らはこの道反の聖域を守る守護妖たちなのだ。

四肢《しし》を踏ん張《ば》って立ち上がり、頭《かぶり》を振って眩暈《めまい》を振り払った蜥蜴も牙《きば》を剝《む》く。

『臆《おく》したか十二神将！』

『いざ尋常《じんじょう》に勝負！』

ずいっと詰《つ》め寄《よ》る蜘蛛の怒号《どごう》で大気がびりびりと震える。

ため息を呑《の》み込んで銀槍を出そうとしたとき、凛《りん》とした声が風を裂《さ》いた。

「やめなさい！」

息巻いていた守護妖たちが、びしっと音を立てて固まる。ぎくしゃくしながら首をめぐらせた三体は、裳《も》の裾《すそ》を両手で持った風音《かざね》が駆け寄ってくる様を見て無言で冷や汗《あせ》を浮《う》かべた。

そっと息をついた六合が銀槍を収めるのとほぼ同時に、道反の巫女《みこ》とよく似た衣装に身を包んだ風音は守護妖たちの前で足を止めた。

遅《おく》れてついてきた鴉《からす》の嵬《かい》が、蜘蛛の足にとまる。

その嵬に、百足と蜘蛛が声をひそめて唸った。

『嵬！　姫《ひめ》の足止めをしておけと言っておったのを忘れたか！』

『うまく言い繕《つくろ》うようにとあれほど念を押したというのに、何をしている…！』

対する嵬も小声でいきり立った。

『これでもできる限りのことはした！　だが、姫は聡《さと》くていらっしゃるのだ、お主《ぬし》らとて知っておるではないか！』

『だからこそうまく誤魔化《ごまか》せという話をしていたのだ、それを…』

最初は極力抑《おさ》えてぼそぼそというやり取りだったのだが、感情が昂《たかぶ》るにつれて音声も大きくなっていく。

『だったらお主らが引き止めておけばよかったではないか！　我とてあ奴《やつ》には積年の恨《うら》みがあるのだ！』

『貴様ごとき若輩者《じゃくはい》が積年だと⁉　百年早いわ！』

『若輩、若輩だと⁉　おのれ、言わせておけば…っ！』

百足と蜘蛛と鴉の三つ巴《どもえ》の罵《ののし》り合いを、六合は半ば唖然《あぜん》と眺《なが》めていた。

感情のぶつけどころを探していたのは知っているが、こんな形で炸裂《さくれつ》するとは。

胸のうちに留めておくのは不健康なので発散することが望ましいとは思うものの、何もここでしなくてもいいだろうに。

守護妖たちの口論を、風音は黙《だま》って見ていたが、やがていやに落ちついた表情で蜥蜴を顧《かえり》みた。

「……かあさまが、みんなの姿が見えないからと気にされていたけれど。この状況《じょうきょう》をなんと言って説明すればいいのかしら」

六合は目をしばたたかせた。

静かな顔に見えていたが、黒曜の瞳《ひとみ》が感情をはらんで光を放っている。

あれは怒っているのだ。

それを感じた蜥蜴は気迫《きはく》に圧されてたじたじとなった。

道反大神《ちがえしのおおかみ》と道反の巫女の間に生まれた半神半人の娘《むすめ》なのである。本気を出せば天津神《あまつかみ》の神気が守護妖たちなどいとも簡単に凌駕《りょうが》するだろう。

風音は険しい面差《おもざ》しで小さく息をつくと、ふいと身を翻《ひるがえ》して六合の許に駆け寄った。

「行きましょう」

六合の腕《うで》を掴《つか》んで返事を待たずに歩き出す。

守護妖たちを横目で見ると、物申したいが言えないのがありありとわかる顔で、凄まじい眼光で睨《ね》めつけていた。

やれやれといった体で息をつきながら、風音に引かれるままに進んでいた六合は、彼女の足がだんだん遅《おそ》くなり、ついには止まってしまったのに倣《なら》った。

ずっと摑まれていた手が解放される。

巫女のように髪《かみ》の一部を結《ゆ》い上げているのが目新しい。先ほど見たときにはすべて下ろしていたはずだから、自分が守護妖たちと模擬《もぎ》戦を繰《く》り広げている間にいじったのだろう。

巫女か、天一の手になるものだろうと思われる髪型《かみがた》を、見るともなしに見ていた六合は、うつむき加減だった彼女の面差しを隠《かく》す髪がふわりと翻ったので軽く瞬《まばた》きをした。

振《ふ》り返った風音が、なんとも形容のしがたい複雑な顔をして、高い位置にある六合の目を上《うわ》目遣《めづか》いに見つめている。

「……どうした」

訝《いぶか》る六合に、胸の下で手を握《にぎ》り合わせた風音は、硬《かた》い声で言った。

「あの……」

しばらく言い澱《よど》んでいたが、意を決したようにぐっと目を閉じる。

「その…っ、鬼たちが、ごめんなさい…っ！」

ひとつ瞬きをして、六合は合点《がてん》のいった顔をした。

「……ああ」

「大きな音がするから、どうしたのかと思って。出てくるのを鬼がやけに止めようとするから、何かあったんじゃないかと思って急いできてみたの。そうしたら、あんな…」

つむがれる声音《こわね》がどんどん小さくなっていく。語尾《ごび》は消え入るようだった。

「あなたに挑むような真似《まね》をするなんて、みんなどうかしてるのよ…」

言葉が見つからなくて顔を覆《おお》うようにした彼女の、心底困惑《こんわく》したような語調に、先ほど守護妖たちを叱《しか》りつけた迫力《はくりょく》は微塵《みじん》もない。

「…ごめんなさい、彩輝《さいき》…」

うなだれたままの彼女の頭に手をのせて、幼子にするようによしよしと撫《な》でてやる。

こんなときだが、落ち込んだ昌浩の頭を晴明や騰蛇がわしわしと撫でる気持ちがほんの少しわかった気のする六合だった。

頼《たよ》りなさがそうさせるのだ。

「気にするな」

「でも…」

「俺も、別になんとも思っていない」

そろそろと顔を上げ、風音はなんともいえない目をする。

「ほんとに？」

「ああ。心配するな」

頷《うなず》いてやると、ようやく安心したように肩《かた》の力を抜《ぬ》いた。

道反《ちがえし》の聖域に滞在《たいざい》すると決まったときから、守護妖たちのあたりは実はきつかった。

最初のうちはそれとなく、時間を追うごとにあからさまに。

剝き出しの敵意というか隔意《かくい》というか戦意というか。

ありていに言えば殺意に近いものが、守護妖が放つ四対の眼光にはらまれている。否《いな》、そのものと言ったほうが正しいのかもしれない。

そんなに恨まれるようなことをした覚えは、六合にはない。

六合がしたことといえば、風音の宿体《しゅくたい》を取り戻《もど》したことと、事件の収束に全力を注いだことくらいだ。

「……いや、待て」

絶体絶命の窮地《きゅうち》に陥《おちい》った六合たちを、眠《ねむ》りから覚めた風音が救ってくれた件だろうか。

あとで聞いた話によると、浄化《じょうか》が成る前に目覚めてしまったことで取り返しがつかなくなったのだという。

「守護妖たちとの仁義なき戦いは終わったのか？」

六合は目に見えてわかるほど渋《しぶ》い顔をした。

「勾陣、その、仁義なき戦いというのはなんだ」

本宮《ほんみや》の中庭を望む長倚子で足を組んでいた六合の横に、明らかに面白《おもしろ》がっている勾陣がやってきた。

削《そ》がれた神気は未だ完全ではない。

本人は昌浩たちとともにしらばっくれて帰京するつもりだったのだが、騰蛇と天一の反対にあって留まったのだ。

「奴らのあれは半ば言いがかりだからな。当分つづくだろう。忍耐力《にんたいりょく》が試《ため》されるな、六合」

「あの程度は、別に」

「ほう？」

目を細める勾陣に、六合は彼にしては珍《めずら》しく饒舌《じょうぜつ》になった。

「八つ当たりであろうと言いがかりであろうと、それであれらの気がすむなら相手をするだけだ。いずれは落ちつくだろうしな」

勾陣は瞬きをした。

「それは、本気で言っているのか？」

六合はしばし沈黙《ちんもく》したのちに、短く答えた。

「――そうなったらいいなという、希望的観測がないとは言わない」

「賢明《けんめい》な判断だ」

六合の慧眼《けいがん》を心から賞賛する勾陣である。

「それで、風音はどうした」

寡黙《かもく》な同胞《どうほう》は、黙《もく》したまま目線を滑《すべ》らせた。彼が見たのは巫女《みこ》の部屋の方角だ。

ずっと離《はな》れ離《ばな》れになっていた時間を埋《う》めるように、巫女と風音はたくさんの話をしているようだった。

巫女の身の回りの世話を買って出たため、必然それらを聞くことにもなった天一の語るところによると、風音がどんな環境《かんきょう》で生きていたかが主な話題になっているのだそうだ。

それは彼女にとってつらい記憶《きおく》だろう。そのつらさを少しでも分かち合い、娘の心に刻まれた傷を癒《いや》したいと、巫女は願っているのだった。

彼女らは失った日々をとり戻そうとしているのかもしれない。

「……さすがに」

笑《え》みを含《ふく》んだ勾陣の言葉に、六合は視線だけを同胞に向けた。

黒曜の瞳が面白そうに笑っている。

「離れ離れだった親子の間に入るのは難しいか。難儀《なんぎ》だな、六合」

こんなに近くにいるのに、そばにいられないとは。

省略された言葉が聞こえた気がして、六合は不機嫌《ふきげん》そうに眉《まゆ》を寄せた。

守護妖たちは意気消沈《いきしようちん》していた。

長年行方《ゆくえ》知れずだった姫《ひめ》の所在がようやく明らかになり、このほどついに聖域に戻ってきた。が、姫の心は横合いから突然《とつぜん》現れたどこの馬の骨とも知れない男に掻《か》っ攫《さら》われていた。

これが怒《おこ》らずにいられようか。

憤然《ふんぜん》と肩を怒《いか》らせる守護妖たちは、あまりにも怒っているので自分たちの発想が矛盾《むじゆん》していることをわかっているにもかかわらず、あえて目を背《そむ》けているのだ。

十二神将といえば神の末端《まったん》に連なる神籍《しんせき》を持つものたちだ。道反大神ほどの年輪を重ねてはいないが、由緒正《ゆいしよただ》しい神といえば言えなくもない。

馬の骨はれっきとした出自を持っている。実はそれも気に食わない。

真実馬の骨であったなら、姫がなんと言おうと聖域から叩《たた》き出して出入り厳禁、終生姫と見《まみ》えることとまかりならんと厳命するものを。

抗《あらが》うようなら腕《うで》に物を言わせるまでのこと。

ところがこれまた口惜《くちお》しいことに、奴《やつ》は守護妖たちよりも強いのだ。

『いいや、まだあるぞ。奴は無口だ、無愛想《ぶあいそう》で何を考えているのかがまったくわからん！』

『姫はお優《やさ》しい。ゆえに、ご自分が何か気分を害するようなことをしてしまったのではと心を痛められるやもしれん』

『おのれ十二神将！　姫の心を掻き乱すとは、無礼千万《せんばん》！』

『かくなるうえは、我らの矜持《きょうじ》にかけて目に物見せてくれるわ』

守護妖たちはとにかくいきり立つ。

ここに六合本人がいたら、どうしてそこまで飛躍《ひやく》するんだと頭を抱《かか》えたくなるに違《ちが》いない。

しばらく吼《ほ》えていた守護妖たちだったが、彼らにも役目がある。

人界につながる千引磐《ちびきのいわ》の門番は月替《つきが》わりなのだが、現在の当番は大百足だった。

ぶちぶちと口の中で文句を並べながら千引磐に向かい、人界側に出る。

道を阻《はば》むように磐《いわ》の前に陣取《じんど》った百足は、隧道《ずいどう》の出口を睨《にら》んだ。

道反の聖域には、人間はめったに近寄らない。ごくまれに度胸試《だめ》しと称《しょう》して、血気盛んな若者や怖《こわ》いもの知らずの子どもが隧道に足を踏《ふ》み入れることもあるが、守護妖たちに脅《おど》されてみなほうほうの体で逃《に》げていく。

逃げて行った人間たちは、それぞれの郷《さと》で隧道の奥にひそむ巨大《きょだい》な異形の話を広め、隧道には決して入るなという教訓となって人々の心に刻まれるのである。

人間が怖いものを知っている間はいいが、怖さを忘れてしまったら。

時折百足はそんなことを考える。

神々や妖魔《ようま》異形に対する畏怖《いふ》の念を人間が忘れたら、彼らの中からそういったものは消え失《う》せるのだろうか。

そこに確かに存在していても、いるのだと思わなければ目に映ることもなくなってしまうのかもしれない。

神代《かみよ》が遠のいていくことに、百足は一抹《いちまつ》の寂《さび》しさを覚えた。

なんということもなしに息をついた百足は、隧道の出口に何者かが降り立つ気配を感じた。

『む…？』

首をもたげて全身を緊張《きんちょう》させる。

妖気《ようき》は感じないが、油断は禁物だ。

暗闇《くらやみ》をものともせずに進んでくる気配がある。これは人間のものではない。

注意深く構えていた百足の前に現れたのは、道反大神とよく似たいでたちの、壮年《そうねん》にさしかかった男だった。

『何者…⁉』

鋭利《えいり》な誰何《すいか》に、男は泰然《たいぜん》と返した。

「道反大神に伝えよ。我は汝《なんじ》に借りを返してもらいにきたと」

山の比古神《ひこがみ》が訪問した。

百足から報《しら》せを受けた守護妖たちは、訝《いぶか》りながらもその男を聖域に通した。門番である百足は千引磐の前に残り、代わって案内《あない》役を務めるのは大蜥蜴である。のしのしと歩く蜥蜴の後を追う比古神は、道反の聖域を興味深そうな顔で眺《なが》めていた。

その様子に気づいた蜥蜴は、長い首をめぐらせる。

『山の比古神よ。本来他者にも天津神にもかかわりを持たぬあなたが、この道反の聖域に何用か』

「守護妖たちに言っても詮《せん》無いことよ。まずは道反大神の許へ案内を」

お前には関係ないと言外に突《つ》っぱねられて、蜥蜴は渋《しぶ》い顔をした。が、そのあとは沈黙を守って、聖域の最奥《さいおう》に鎮座《ちんざ》する千引磐まで比古神を誘《いざな》う。

千引磐の前では、事態を察した道反大神が人身を取って顕現《けんげん》していた。

怪訝《けげん》そうな道反大神に、比古神は尊大に笑った。

「久しいな、道反大神よ。見えるのはいつ以来か」

「さて。思い出すのも億劫《おっくう》なほど昔だろうよ」

後方に控《ひか》えていた蜥蜴は、大神と比古神の、一見和《なご》やかだがどこまでも殺伐《さつばつ》とした会話を薄《うす》ら寒《さむ》さを覚えながら聞いていた。

風音の宿体が危機にさらされた折には比古神たちに助けを乞《こ》うた道反大神であったが、国津《くにつ》神《かみ》である比古神と天津神である道反大神には本来交流はない。両者の間には垣根《かきね》が存在しており、滅多《めった》なことではそれを越《こ》えることはないのである。

道反大神がそれを越えたのは、ひとえに娘《むすめ》のためだった。大神の深い愛情物語其《そ》の二である。

互《たが》いに仁王《におう》立ちで腕組《うでぐ》みをしている様は、威嚇《いかく》しあっているかのようだ。

先導の役を担《にな》った蜥蜴は、同胞《どうほう》たちを心底うらやんだ。こんな冷え冷えとした会談の場に居合わせる羽目に陥《おちい》るとは。

早く用向きを切り出してさっさと終わらせてくれることを願っていた蜥蜴は、比古神が腕をといて彼方《かなた》を指差したのを訝った。

「道反大神よ、汝の願いを聞き届けて我が力を貸したこと、よもや忘れてはいまい」

道反大神は鷹揚に頷《うなず》いた。

「覚えているとも。この道反大神、心より感謝している」

「なれば、大神よ。その借りを返すことに異存はないな？」

「あろうはずがない」

「では」

国津神たる山の比古神は、堂々と言ってのけた。

「汝が娘を我が妻に乞う」

道反大神は、創世神話の時代よりこの地にて黄泉と人界の境界に鎮座し、おぞましい黄泉の軍勢をその身一つで阻んできた勇敢《ゆうかん》なる神である。

些細《ささい》なことでは動じない豪胆《ごうたん》さを誇《ほこ》り、かの神を動揺《どうよう》させることができる者がいるならば、それは相当の勇者であろうと思われていた。

大神には何物にも代えがたいほど大切にしている存在がふたつある。

ひとつは、神代よりともにすごしてきた妻たる道反の巫女《みこ》。そしてもうひとつは、近年になってようやく授《さず》かり、不埒《ふらち》者のたくらみによってずっと行方知れずになっていたひとり娘だ。

そのひとり娘を、比古神はあろうことか妻にと申し出てきたのである。

「――――すまないが」

大神は至極《しごく》冷静に口を開いた。

「もう一度言ってくれないか、比古《ひこ》の神よ」

冷静に聞こえるが、その実凄《すご》みが増していることに蜥蜴は気づいている。

誰か代わってくれと内心で震《ふる》え上がる蜥蜴だ。

比古神は気づいていないのか、意気揚々《いきようよう》と繰《く》り返した。

「汝が娘を我が妻に」

鷹揚《おうよう》に笑って、比古神はつづけた。

「あの美貌《びぼう》とあの矜持。まこと、神の妻たるに相応《ふさわ》しい娘よ」

そのようなこと、貴様に言われずとも我ら皆《みな》よく知っておるわと、蜥蜴は比古神の後ろでばたばたと手を振《ふ》っている。本当は、相手が誰であろうとも聖域から即刻《そっこく》放り出し、塩でもまいて、人間風に言うなら「一昨日《おととい》きやがれ」と叫《さけ》びたいところである。

それをしないのは、相手が仮にも一応風音を救ってくれた比古神だからだ。

恩義があるからとおとなしく鄭重《ていちょう》にもてなしていればつけあがりおってこの国津神の端《はし》くれが。

蜥蜴の双眸《そうぼう》が憤激《ふんげき》している。

それまで沈黙《ちんもく》していた道反大神が、漸う口を開いた。

「……ひとつ、確認《かくにん》しておきたいことがあるのだが」

「なんなりと」

比古神に据《す》えられた大神の双眸が、冴《さ》え冴《ざ》えと冷たくなった。

「汝には確か、既に妻がおられたと思ったが、我の記憶違《きおくちが》いだったか」

思いもよらない道反大神の言葉に、蜥蜴が黙《もく》したまま目を剝《む》いている。

比古神は頷いた。

「いかにも」

十二神将天一と勾陣は、さすがに言葉をなくして顔を見合わせた。

「それは…」

「思いもよらない事態というやつは、突然訪《とつぜんおとず》れるな」

突然訪問して爆弾《ばくだん》を投げていった比古神は、後日返答をもらいにくると言って帰っていった。

道反大神はあれきり沈黙している。が、静かにふつふつと怒《おこ》っていることは、千引磐の周辺の神気が怖《おそ》ろしいほど研ぎ澄《す》まされていることで容易に察しがついた。

比古神を隧道の出口まで送った百足は、神の姿が消えてから、その周辺に清めの塩をばさばさ撒《ま》いたらしい。

それを聞いた天一は、思った。

土が死ぬだろうに、いいのだろうか。

それを口にしたところ、確かにそうだが現状それはさしたる問題ではないよと勾陣に言われた。

さすがに驚愕《きょうがく》した道反の巫女はしばらく思いつめたような顔をしていたが、何かを思いついたらしく聖殿《せいでん》にこもったきり出てこない。

蜥蜴からことのあらましを聞いた蜘蛛《くも》と鴉《からす》の鬼《かい》は、猛《たけ》り狂《くる》っていた。

『おのれ比古神、なんと身のほど知らずなっ！　既《すで》に妻帯しておる身でありながら、我らの宝とも言うべき姫《ひめ》を乞うとは、ばかにするにもほどがあるっ！』

『比古神風情《ふぜい》に姫を娶《めと》らせるなど、たとえ天津神が許しても我らが決して許さぬわ——っ！』

ばさばさと羽ばたいては息巻く鴉と、一の対を振り上げて全身を怒《いか》らせている蜘蛛は、先ほどからずっとこの調子だ。

勾陣は嘆息《たんそく》した。

大神と巫女と守護妖たちの反応は、おそらくこうなるだろうという代物《しろもの》なので別によいのだが、肝心《かんじん》の当人はどうしているのか。

「おい天一」

「はい？」

隣《となり》の天一が首を傾《かたむ》ける。守護妖たちには聞こえないように勾陣は声をひそめた。

「とうの風音はどうした？　さっきから姿が見えないようだが…」

ああと頷いて、守護妖たちをちらと見やった天一は、口元に手を添《そ》えてそっと耳打ちしてきた。

「それが……」

耳を貸した勾陣は、軽く目を瞠《みは》った。

「本当か？」

聞き返す勾陣に天一は頷く。

「止めたのですけれど、自分で話をつけてくると…」

勾陣は額を押さえた。

なるほど、さもありなん。

神が気に入るほどの矜持《きょうじ》の持ち主だ。

受けるつもりはないから自分で断りを入れてくると言い出したとしても不思議はないだろう。

偽《いつわ》りを信じていた頃には、仇《かたき》と教えられた晴明の命を、自ら狙《ねら》ってきた娘《むすめ》なのだ。

柔和《にゅうわ》な面差《おもざ》しに憂《うれ》いをのせた天一は、ふいに目許《めもと》を和《なご》ませた。

「天一？」

疑問符《ぎもんふ》に答えて、彼女は口元にそっと袖《そで》をよせる。

「激しさをわかっているつもりでしたが、いざそれを目の当《ま》たりにしたら、いささか面食《めんく》らってしまいました。巫女の娘だという意識があるからでしょうか」

道反の巫女はおおよそ声を荒《あら》げるようなことはない。常に穏和《おんわ》で、どちらかといえば物静かな女性だ。

「面差しは本当によく似ていらっしゃいますけれど…」

「育った環境《かんきょう》がものをいっているんだろう。強靭な精神力がなかったら、どこかで心が折れて野垂《のた》れ死《じ》にしていたかもしれない」

勾陣の言葉に天一はそっと頷いた。

そこに、怒号《どごう》が飛んできた。

『その無礼な言い草、捨て置けぬぞ十二神将っ！』

ばさばさと翼《つばさ》を羽ばたかせていた嵬が、漆黒《しっこく》の双眸で勾陣をぎっと睨《にら》みつけてきた。

折り曲げた蜘蛛の関節の上にとまった嵬は、片翼《かたよく》で勾陣をびしっとさす。

『姫のおそばにはずっと我がついておったのだ！　何が起ころうと、たとえ我が命と引き換《か》えにしようと、姫の御身《おんみ》だけはお守り申し上げる所存であったわ！』

『嵬、よく言った……！』

高らかに叫ぶ鴉に、感極《きわ》まった蜘蛛が唸《うな》る。

そうして蜘蛛は、鴉のとまった足を千引磐のほうへ向けた。

『ならば、いまこそその心をまっとうしてこい！　比古神の首を取り、見事相打ちとなって果てよ！』

『なに!?』

さすがにぎょっとする鴉に、蜘蛛は畳みかける。

『さぁさぁ、その決意を形となせ！　姫の御為《おんため》にその命を散らすことに、よもや異存はあるまいな⁉』

鴉はいささか及《およ》び腰《ごし》になった。

『い、異存などはもちろんない！　ないが、しかし、なぜいきなり唐突《とうとつ》に相打ちせねばならんのだ⁉』

まったくだ、と勾陣は内心で首肯《しゅこう》した。

比古神と守護妖の鴉とではどう考えても鴉の完敗、きっぱり無駄死《むだじ》にである。

「たとえ奇襲《きしゅう》をかけても、一矢《いっし》報《むく》いることができたらそれだけで御《おん》の字《じ》だと思うんだが…」

口元に指を当てて冷静に分析《ぶんせき》する勾陣に、天一も同意だといわんばかりの目をしている。

『何を恐《おそ》れるか！　姫の御為に討《う》ち死にしたとなれば、慈悲《じひ》深い道反大神が再びお前の命を拾い上げてくれるはず、案ずるな嵬！　遠慮《えんりょ》なく特攻《とっこう》してこい！』

『待て！　我よりお前のほうが、相打ちなどといわずに完全なる勝利を収めることができるのではないのか⁉　悔《くや》しいが、そのがたい、その妖気《ようき》、すべてにおいて我など及ばぬではないか！』

蜘蛛はふんと息巻いた。

『我の身にもしものことあらば、あのお優《やさ》しい姫のこと、この上ないほど嘆《なげ》き悲しまれるに違《ちが》いない。我は姫に憂い顔《がお》などさせたくはない』

蜘蛛の言い草に鴉は目を剝いた。

『それは我とて同じだ――――っ！』

がおうと吼《ほ》えている鬼と蜘蛛を眺《なが》めていた勾陣は、半ば呆《あき》れて半眼になった。

憤慨《ふんがい》して吼える鴉。これはこれで珍《めずら》しく興味深い。

不毛な口論を繰《く》り広げている守護妖たちよりは、自ら飛び出していった風音のほうがよほど潔《いさぎよ》い。

止まりそうにない守護妖たちの舌戦《ぜっせん》を尻目《しりめ》に、勾陣は首をめぐらせた。

「風音の行く先はわかったが、六合はどうしている？」

「六合は、風音殿が飛び出していかれたあと、それを聞くなりあとを追っていきました」

だから、風音の身を案じずともよいだろうと天一はつなげる。

「確かに、それなら心配はないな」

何しろ、あの大蛇《おろち》の毒血のただなかでもその体を離《はな》さなかったという話だ。

突如《とつじょ》として湧《わ》いて出てきた比古神のひとりやふたり、あの信念の前ではただの当て馬以外の何ものでもないだろう。

問題は。

守護妖たちを眺めやり、勾陣は気遣《きづか》わしげな顔をした。

「一番の難関は、やはりこれらとあれだろうな…」

同胞《どうほう》の気苦労を思いやる勾陣は、彼の行く先に立ちはだかるであろう艱難辛苦《かんなんしんく》に、同情を禁じえなかった。

清々《すがすが》しい風の吹《ふ》く出雲《いずも》の山中を失踪《しっそう》していた風音は、簸川《ひのかわ》のほとりにたどり着くと、剣呑《けんのん》に辺りを見回した。

川の流れは穏《おだ》やかで、降り注ぐ陽射《ひざ》しをはじき、きらきらと輝《かがや》いている。

一時は全滅《ぜんめつ》するかと思われていた草木も活力を取り戻《もど》し、瑞々《みずみず》しさに満ちて生い茂《しげ》っていた。

聖域にいるときにまとっている太古の装束《しょうぞく》ではなく、肩《かた》や足がむき出しの衣《ころも》をまとった風音は、険を帯びると相当にきつくなる目で比古神を捜《さが》していた。

「比古神、どこにいるの⁉」

はりのある声が朗々と響《ひび》く。

響いた木霊《こだま》が山々に吸い込まれて風の音が耳を打つ。

清浄《せいじょう》な大地の気が満ちている。死の雨に叩《たた》かれていた姿を覚えている彼女にとって、その自《じ》浄作用《さよう》は感嘆《かんたん》に値《あたい》するものだ。

そこには山の比古や比古神たちの尽力《じんりょく》も当然あったのだろうが、それだけでは決してない。

注意深く辺りを睨んでいた風音の背後に、人影《ひとかげ》が顕現《けんげん》した。

はっと振《ふ》り返る風音の腕《うで》を捉《とら》えた比古神は、自分をきっと睨みつける彼女の強い眼差《まなざ》しを受け、満足そうに笑う。

「道反大神の娘、名はなんという」

「意にそわぬ相手に告げる名は、持たない！」

比古神の手を振り払《はら》い、風音は腰《こし》に差していた太刀《たち》を引き抜《ぬ》いた。

怪訝《けげん》そうな様子の比古神に、彼女は太刀を構えながら宣言する。

「私は物じゃないわ。我が父に貸しがあるからといって、あなたに嫁《とつ》がなければならないという理由にはならないし、嫁ぐつもりもない」

風音の主張を、比古神は腕組《うでぐ》みをして黙《だま》って聞いている。

「助けてもらったことには礼を言うわ。でも、それとこれとは話が別よ」

「……ふむ」

腕をとき、腰に差してある剣《つるぎ》の柄に手を添《そ》えた比古神は、思慮《しりょ》深い目をした。

「面白《おもしろ》いことを言う娘だ」

風音は胡乱《うろん》げに眉《まゆ》を寄せた。

「なんですって？」

得物《えもの》を鞘《さや》から引き抜きながら、神は大上段に言い放つ。

「神の意向に真っ向から否《いな》を唱えるとは、よほど怖《こわ》いもの知らずとみえる。道反大神の娘であろうと、その身に流れる血の半分は人のものであろうに。楯突《たてつ》くことが許される道理はないぞ」

目を細め、直刃《すぐは》の剣を風音に据《す》えながら、神は語気に僅《わず》かな憤《いきどお》りをにじませた。

「何をそれほどむきになる必要があるのか。我が妻となれば、汝《なんじ》の望むものはすべて与《あた》えてやるというのに」

「ほしいものなんかない！」

間髪《かんはつ》入れず怒号する風音に、神は目をすがめて笑った。

「強がりを言うな。虚勢《きょせい》を張ったところで、いつかはぼろが出るものだ。女は素直《すなお》なほうが可愛《かわい》げがあるというもの」

風音は思わずかっとなった。

ばかにされた。のみならず、この比古神は相手にどのような意思があろうと、それを尊重するつもりなど微塵《みじん》もないのだ。相手は己《おの》れの意のままに従うものと、端《はな》から決めてかかっている。

山の比古に崇《あが》め奉《たてまつ》られるだけの神は、驚《おどろ》くほど傲慢《ごうまん》で尊大で、己れに逆らうものがいようなどと考えたこともないのだろう。

「お前に気に入られるくらいなら、怖いもの知らずで可愛げのないほうがましよ！」

「ならば、その身にわからせてやるとしよう」

厳《おごそ》かに言葉をつむぐと同時に、比古神は剣をひらめかせた。

瞬《また》きひとつの間に切っ先が眼前に突《つ》きこまれる。殺意はない、だが苛立《いらだ》ちがはなはだしく、きらめく切っ先がそれを映しているのがわかった。

反射的にその突きをはじいた風音は、返す刃を薙《な》ぎ払う。

一歩後退しただけで剣戟《けんげき》をよけた比古神は、余裕綽々《よゆうしゃくしゃく》といった体で打ち合いに興じた。

まさに、興じているのだ。

歯噛《はが》みした風音の焦《あせ》りと苛立ちがそのまま刃を鈍《にぶ》らせる。

「そろそろ気がすんだだろう」

「なんですって⁉」

「茶番は終わりだ」

半分呆れたように言い渡《わた》すと、それまでとは桁違《けたちが》いの剣戟で風音の太刀を撥《は》ね飛ばした。

「しま…っ！」

一瞬《いっしゅん》気がそれたところに足払《あしばら》いをかけられて、風音は転倒《てんとう》した。

すぐさま跳ね起きようとしたが、首元に切っ先が押し当てられる。

悠然《ゆうぜん》と剣を構える比古神は、息ひとつ乱していなかった。

そのことに気づいた風音は、悔しさと憤りのない交ぜになった目で、自分をもてあそんだ男を射貫《いぬ》いた。

その眼光を涼《すず》やかに受け止め、比古神は笑う。

「得物を失い地に膝《ひざ》をついても屈《くっ》せぬか。その目の光がどうすればかすむのかにも、興味がわいてきたぞ」

ぎりっと唇《くちびる》を噛《か》む風音のあごに手をのばそうとした比古神は、ふいに目を見開いた。

銀のきらめきが一閃《いっせん》し、比古神の剣を弾き飛ばす。

飛び退《すさ》る神の足元を薙いだ刃が地表を削《けず》る。切断された草が舞《ま》い、風に乗ってひらひらと踊《おど》った。

ばさりと音を立てて翻《ひるがえ》る夜色の霊布が風音の視界を一瞬覆《いっしゅんおお》い、無意識にほっとした自分に気づいて、彼女は気を引き締《し》めた。

立ち上がった彼女に、六合は振り返らずに言い渡す。

「下がっていろ」

「でも…」

躊躇《ちゅうちょ》する風音に、六合は繰《く》り返す。

「下がれ。……巻《ま》き添《ぞ》えを食うぞ」

風音は瞬《まばた》きをして、今度はおとなしく従った。

そろそろと後退する彼女の様子に、比古神は驚いた風情《ふぜい》で瞠目《どうもく》した。

「ほう…。あれほど強情《ごうじょう》だった娘《むすめ》とは思えんな」

銀槍を構えた六合の双眸《そうぼう》が、緋色《ひいろ》を帯びて烈《はげ》しさを増した。

彼の背中しか見えない風音だが、かもし出す神気が鋭《するど》くなっていることには気づいている。

狼狽《ろうばい》する風音の表情を見て取った比古神は、挑発《ちょうはつ》するような口ぶりで言った。

「うぬは確か、十二神将といったか。我に命を救われた身で、その態度はなんとするか」

傲然《ごうぜん》と放たれた台詞《せりふ》に、六合は厳かに返した。

「救われたことには礼を言う。だが、それとこれとは話が別だ」

比古神は喉《のど》の奥で小さく笑った。

まったく同じことを言ってのけるとは、これは何の符合《ふごう》か。

おおかたの予測はついているが、それを尊重してやる義理は比古神にはない。

「我はその娘の望むものをなんでも与えることができる。うぬにそれがかなうか」

表情に乏《とぼ》しい面差《おもざ》しに険が宿った。

「…」

六合が口を開きかけるより早く、背中から鋭利《えいり》な声が発された。

「ほしいものはもうもらったわ！　だから、ほかには何もいらない」

たとえ、世界中の富や名声、地上の覇権《はけん》をお前にやろうといわれても、そんなものにはなんの価値もない。

欲するものには抗《あらが》いがたい魅力《みりょく》を持つだろうそれは、風音には無用のものなのだ。

「口の減らない娘だ」

舌打ちする比古神に、六合は低く尋《たず》ねた。

「神よ、なぜこの娘を妻にと望む」

「うぬには関係あるまい」

「返答を。その如何によっては、剣を交えることもいとわん」

あくまでも問い詰《つ》める十二神将に、神は面倒《めんどう》げに答えた。

「この神に真っ向から挑《いど》むようなその目。おとなしく慎《つつ》ましやかな女には厭《あ》いていたところだ」

六合のまとう空気が、瞬時《しゅんじ》に真冬のそれに変わった。

「……それだけか」

「ほかになにがある」

「ならば」

得物を一閃させ、十二神将六合は大上段に宣言した。

「引き下がってもらおうか。貴様ごときに渡すつもりはない」

放たれる闘気《とうき》で夜色の霊布が翻る。

剣呑《けんのん》な双眸を見返す比古神は、片眉を吊《つ》り上げた。

「ほう…、どうやって我を下がらせると?」

「無論、力ずくで」

銀槍の切っ先が、陽射《ひざ》しをはじいて眩《まぶ》しく光った。


人界と聖域の狭間《はざま》に位置する千引磐に足をのばした勾陣は、一触即発《いっしょくそくはつ》の雰囲気《ふんいき》をかもし出している蜥蜴《とかげ》と百足の様子に、さすがにずざっと身を引いた。

いまなら二匹《ひき》とも、視線だけで妖怪変化《ようかいへんげ》を抹殺《まっさつ》できそうだ。

触《さわ》らぬ神になんとやら、という言葉を思い出している勾陣が見ている前で、守護妖たちはおどろおどろしい語調で低いうめきをもらした。

『おのれ…！　たかが比古神風情が、我らの姫《ひめ》を、姫を…っ！』

『しかも既《すで》に妻帯している身でありながら、恩着せがましく借りを返せと吐《ぬ》かしおったわ！』

『ふてぶてしいにもほどがある！　次に顔を出してみろ、ただではおかんぞ！』

もし比古神が、後日との言質《げんち》を翻していまこの瞬間《しゅんかん》に返答をもらいにやってきたら、確実に血を見る。

いきり立ち猛《たけ》り狂《くる》い、よってたかって比古神に攻撃《こうげき》をしかけ、下手《へた》をすれば体当たりの特攻《とっこう》も辞さない守護妖たちの図。

正直、笑えない。

これが想像だけで終わらなそうなところが、さらに笑えない。

それにしても。

「道反の聖域を守る守護妖の威厳《いげん》はどこだろう」

勾陣は二匹の守護妖たちから絶妙《ぜつみょう》の距離《きょり》を置きつつ思案した。

仮にも相手は神代の頃《ころ》よりこの地に住まう国津神。このような暴言、悪口雑言の限りを並べて、果たしてよいものなのだろうか。

ここに昌浩がいたらなんというだろう。

「……まぁ、あれのことだからな…」

——いくら相手が理不尽《りふじん》でも、神様は祟《たた》るんだから不用意なことを言ったりやったりするのは、気持ちはわかるんだけどやっぱりだめだと思うなぁ、俺。だいたい神様ってさ、いつも理不尽で突拍子《とっぴょうし》もなくて脈絡《みゃくらく》がないから神様なんだしねぇ。そこに目くじらを立てるのもどうかなぁ…

うーんと唸《うな》って考えた末に、相手に非があるといいつつも妙《みょう》に達観した風情で妥協《だきょう》する道を模索《もさく》するに違《ちが》いない。

そういう点では昌浩は事なかれ主義だ。

いたずらに戦うよりは、和平を心がけようとする。

だから、雑鬼たちがどんなに理不尽に自分を潰《つぶ》しても、怒《いか》り任せの霊力《れいりょく》任せで調伏《ちょうぶく》しようとはしないのである。

だが、すべてにおいてそうだということではない。

これがもし、自分以外の、見鬼の才がまったくない徒人に対して雑鬼たちが同じように潰したり、妖力をいいように使って虐《しいた》げたりするような真似《まね》をしたなら、昌浩はその場で修祓《しゅばつ》にかかるだろう。

昌浩は陰陽師《おんみょうじ》なのだ。陰陽師は妖怪変化から人々の平穏《へいおん》を守るのが役目なのである。幼少の頃から昌浩は、晴明からそれを性根に叩《たた》き込まれているので、判断を誤ることはないのだ。

「まぁ、本当の意味で誤ったら晴明だけでなくあれも一喝《いっかつ》するだろうし、そんな無分別に育てた覚えもないか」

晴明と騰蛇が。

勾陣はあまり世話をしなかった自覚があるので、自分自身は除外。

『そもそも貸し借りだのというせこい発想が気に食わん！　我には読めるぞ、あの比古神、横柄《おうへい》で傲慢《ごうまん》で力ずくで物事を推《お》し進めようとする性情に相違《そうい》ない！』

『言われてみれば、まさにそのような面差しであった！』

互《たが》いの怒りが相乗効果でとんでもない盛り上がりを見せている。

これは、一応なんとかして止めるべきだろうか。

通力を爆裂《ばくれつ》させれば二匹まとめて吹《ふ》き飛ばすくらいのことは造作もないが、奴《やつ》らが無事でいられるか否《いな》かの保証ができないのが問題だ。

晴明だったら適当な術で適当に沈黙《ちんもく》させられるのだが。

こういうときに陰陽師がいないのは痛い。妖怪変化を退治るだけでなく、さまざまな用途《ようと》に応じた術を持っているところも彼らが重用される所以《ゆえん》だ。

『あれに比べれば十二神将六合は清廉潔白《せいれんけっぱく》、姫の御為《おため》ならば命を捨てることもいとわぬ覚悟《かくご》を持っているだけ、まだましというものだ！』

「………」

沈黙したまま勾陣は考える。

それは、基準としてかなり高尚《こうしょう》な部類に入るのではなかろうか。

『確かに！　だがしかし、もし万が一、天地が逆向きになり太陽が西から昇《のぼ》り夏の後に春が訪《おとず》れて、奴が二心を持つようなことになろうものなら…！』

百足の炯眼《けいがん》がぎらぎらと光る。蜥蜴の双眸《そうぼう》も炎《ほのお》のように燃え上がった。

『そのときは、即刻《そっこく》首をはねて、その体を八《や》つ裂《ざ》きにし、ふためと見られないほどぼろぼろにした上で簸川に流してくれるわ…っ！』

『覚悟しておけ、十二神将六合…っ！』

なぜだかよくわからないが、六合に対する憤激《ふんげき》まで燃え上がっている。

隧道の出口を見はるかして、勾陣は呟《つぶや》いた。

「よかったな六合。『馬の骨』から、『まだまし』に昇格《しょうかく》したぞ」

本人が聞いたら、表情の乏しい顔に僅《わず》かな苦味が宿りそうだが、一応進展である。ここは比古神に感謝してしかるべきところだろう。

相変わらず、もし万が一を談じている守護妖たちの喧々囂々《けんけんごうごう》としたやり取りを聞きながら、勾陣は思った。

根本的な問題として、十二神将は死んだらその体は消失し、新たな性情と魂《たましい》を持ったまったく別の人格として転生するのだ。その場合、八つ裂きにもみじん切りにもできないのだが、果たして守護妖たちはそのことを知っているのだろうか。

「いなくなっては元も子もないから、生かさず殺さずに切り替《か》えるのか？　奴ら全員風音のためだったらやりそうなところが怖《こわ》いな…」

埒《らち》もないことを考えながら、勾陣はやれやれといった様子で小さく肩《かた》をすくめた。

派手な金属音が響《ひび》いて、比古神の手から剣が弾き飛ばされた。

大きく回転しながら飛《と》んでいく剣は、そのまま簸川の清流に呑《の》み込まれていく。

まさか敗北を喫《きっ》するとは思ってもいなかった比古神は、空になった己《おの》れの右手をしげしげと眺《なが》めた。

その首元に、銀槍の切っ先がぴたりと据《す》えられる。

険しい眼光で己れを射貫く十二神将を一瞥《いちべつ》し、比古神は顔をしかめた。

「国津神たるこの神に刃《やいば》を向けるか」

「そちらが先刻の申し出を取り下げるというなら、刃も引こう」

ずいと切っ先を押し出してくる十二神将の目は、本気だ。

比古神は忌々《いまいま》しげに舌打ちをすると、六合の肩越《かたご》しに風音を捜《さが》した。

両手を胸の前で組んだ風音は、はらはらしながら勝敗の行く末を見守っていた。

六合が負けるとは思わないが、比古神の剣で傷を負わされないとも限らない。

それがたとえ掠《かす》り傷であっても、彼が血を流すのは嫌《いや》だった。

自分を守るために簸川に身を躍《おど》らせ、全霊《ぜんれい》を使い果たした白い面差《おもざ》しを、いまもはっきりと覚えている。

あのとき胸を貫いた衝撃《しょうげき》と恐怖《きょうふ》は、忘れたくても忘れられない。

銀槍の切っ先を無造作に押しのけ、比古神は口を開いた。

「道反大神の娘《むすめ》よ」

風音は無言で視線を返す。

この川べりで初めて見《まみ》えたときと同じ瞳《ひとみ》だ。きらめく黒曜のような強い輝《かがや》きに魅《み》せられたことは、決して嘘《うそ》ではない。

「我は汝《なんじ》にほしいものは何でもくれてやると言った。だが、汝はほしいものなどないという。その言葉に嘘はないか」

神の言霊《ことだま》には真実をもって答えなければならない。虚偽《きよぎ》は必ず剝《は》がれ落ち、白日のもとにさらされる。

風音は息を吸い込んだ。

「先ほども言ったはず。ほしいものなどない」

ほしいものは、もうこの手の中にある。

はっきりと断言した彼女の声を聞き、比古神は天を仰《あお》いだ。

「……興がそがれた」

目を細める比古神に、六合はさらに険の増した眼光を向ける。

「……興だと？」

唸るような語気にひとを食ったような笑《え》みを返し、比古神は足を引いた。

「娘、父神に伝えておけ」

胡乱《うろん》な顔をする風音に、比古神は鷹揚《おうよう》につづけた。

「貸しは貸し、いつか返してもらうと。それを忘れるは神の名折れ、心しておけとな」

短く返す道反大神の娘に、比古神は三度《みたび》問うた。

「道反大神の娘よ、名は」

風音の眉《まゆ》が吊《つ》り上がる。

「お前に名乗る名はない！」

その激昂《げっこう》を見届けて、比古神は高らかに哄笑《こうしょう》しながら姿を消した。

「この…っ」

思わず太刀《たち》の柄を握《にぎ》り締《し》めた風音の許に、槍を収めた六合がやってくる。

未《いま》だに憤慨《ふんがい》している彼女をなだめるような目をした男は、胸の奥でそっと安堵《あんど》した。

道反大神が比古神の申し出を受けはしないとわかってはいたが、強引《ごういん》にさらっていかれる危険があったのだ。男神《おがみ》というのは傲慢で横柄なところがある。力ずくで意のままに従わせることに躊躇《ちゅうちょ》がないのだ。

憤《いきどお》って飛び出して行ったと聞いたとき、六合の胸の奥は冗談《じょうだん》抜きに冷えた。

彼女の持つ炎のような激しさは知っていたが、もう少し大局を読む冷静さを学んでほしいところだ。

昔晴明の言葉に激昂した姿が脳裏《のうり》をよぎり、無意識に息をつく。

そんな様子を訝《いぶか》り、風音は首を傾《かたむ》けた。

「確かに」

「なに？」

「いや…」

いま言っても火に油を注ぐだけだろう。もう少し落ちついたら、言葉を選んで言い含《ふく》めるのが効果的だ。

その場合、口数の少ない自分ではなく、第三者の冷静な意見としての忠告という形が望ましいと思われた。

現在道反の聖域には、うってつけの存在がひとりいる。

比古神とのいきさつをあとで話し、勾陣のほうからそれとなく提言してもらおう。

そう心に決め、六合は口を開いた。

「戻《もど》るぞ。守護妖たちがきっと心配している」

風音は口をとがらせた。

「みんな心配性《しんぱいしょう》なのよ。考えてみたら私、ここのところずっと聖域から出てなかったのよ？」

「出る必要がなかったからだろう？」

「そうだけど…」

この光景をほかの神将たちが見たら、寡黙《かもく》な六合がよくもまぁこれほど饒舌《じょうぜつ》にと感嘆《かんたん》するに違《ちが》いない。

ふいに、彼女は仄かに笑った。

「人界の陽射《ひざ》しが好きなの。道反には、太陽の光はないから…」

幼い頃《ころ》にはあの聖域だけが世界のすべてで、それが断《た》ち切られてからはずっと尽《つ》きない闇《やみ》の中にいた。

本当の意味で彼女が太陽の下に出られたのは、つい最近だ。

心が荒《すさ》んでいると、陽射しも疎ましいものに変わる。寂《さび》しさで凍《い》てついた感情をとかすこともできないほどに。

負の感情だけが彼女の生きる糧《かて》だった。振《ふ》り返ればそれは、とても悲しく寂しい日々で。

太陽の眩《まぶ》しさに目を細めて、風音は幼い自分の心を満たしていた孤独《こどく》を、そっと抱《だ》きしめる。

ほしくてほしくてしようのなかったものがある。

うらやんで、憧《あこが》れて、何度も手をのばして、そのたびに絶望した。

息をついて、風音は仄《ほの》かに微笑《ほほえ》んだ。

遥《はる》かな想《おも》いだ。

「みんなが心配してるわね、帰りましょう」

身を翻《ひるがえ》した風音の手を、六合は唐突《とうとつ》に摑《つか》んだ。

「え…？」

不思議そうに振り返る風音に、黄褐色《おうかっしょく》の静かな瞳は、抑揚《よくよう》にかけるいつもの口調で尋《たず》ねた。

「ほしかったものというのは、なんだ？」

突然《とつぜん》の問いかけに、目を瞠《みは》る。

「答えたくないなら、別にいい」

遠慮《えんりょ》がちな台詞《せりふ》とともに、摑まれた手が解放される。

その手にもう一方の手を添《そ》えて、彼女は笑った。

「……あのとき、あなたがくれたわ」

曖昧《あいまい》な言い回しに、困惑《こんわく》した六合の目がかすかに細められる。

「彩煇の瞳は、朝焼けの色ね」

それは、ほかの誰も知らない、唯一《ゆいいつ》の至宝だという。

その名は、後悔《こうかい》と絶望のただなかで、死の淵《ふち》に沈《しず》みかけた彼女の心に射《さ》した、一条の光だ。

あの刹那に、自分だけに告げられた名が、こめられた想いが、凍《こご》えた心をすくいあげてくれた。

微笑む彼女の言葉は抽象《ちゅうしょう》的で、要領を得ない。

だが、彼女の瞳がとても穏《おだ》やかなので、それ以上聞く必要はないと彼は結論づけた。

千引磐の前で思案していた勾陣は、本宮にいたはずの天一までが姿を見せたので軽く瞠目《どうもく》した。

「お前までどうしたんだ」

天一は困った風情《ふぜい》で頬《ほお》に手を添える。

「それが、守護妖たちはあの調子で静まる気配を見せませんし、巫女《みこ》も聖殿にこもったまま姿をお見せにならなくて…」

勾陣は肩《かた》を落とした。

思った以上に聖域が震撼《しんかん》しているようだ。

額に落ちかかる前髪《まえがみ》を無造作にかきあげて、勾陣は渋面《じゅうめん》を作った。

「風音も六合も戻る気配がないしな…。いっそ少し出て捜《さが》すか」

歩き出そうとした勾陣を、慌《あわ》てた天一が引き止める。

「いけません！　聖域でおとなしく静養しているようにと、晴明様や騰蛇に散々言い渡《わた》されたのを忘れたのですか？」

天女《てんにょ》のごとくと評される美貌《びぼう》に険をのせ、天一は勾陣の前に回りこんだ。

「私は晴明様と騰蛇だけでなく、翁《おきな》と太裳からも仰《おお》せつかっているのですよ」

「なんだと？　いったい何を…」

呆気《あっけ》にとられる彼女に、天一は右手の人差し指を立てた。

「あの跳《は》ね返りをしっかり見張っておれ。これは翁のお言葉ですが、言い回しは違ってもみな一様に同じことを」

目許《めもと》を覆《おお》って天井《てんじょう》を仰ぎ、勾陣は苦虫を嚙《か》み潰《つぶ》したような顔をした。

「おのれ…」

こうして珍《めずら》しく完敗した十二神将勾陣は、相も変わらず激昂している守護妖たちの横をすり抜《ぬ》けて、道反の聖域に戻ることを余儀《よぎ》なくされたのだった。

◆　◆　◆

玄武の作った水鏡を前にした安倍晴明は、鏡面の向こうにいる道反の巫女をまじまじと見やった。

しばらくそうしていたが、不躾《ぶしつけ》であることに気づいて慌てて謝罪する。

「これは、申し訳ありません。失礼を……」

巫女はかすかに笑って首を振った。

『いいえ、お気になさらないでください、晴明殿。それで、いま申し上げましたことですけれど…』

晴明はううむと唸《うな》って思案するそぶりを見せた。

「そうですな…。こちらとしては構いませんが…、よろしいのですか？」

巫女は、儚《はかな》げな容貌《ようぼう》にはいささか不釣《ふつ》り合《あ》いなほど力強く頷《うなず》いた。

『ええ、もちろんですわ。それに…』

何かを思い出したのか、巫女の相貌に翳《かげ》が射す。

『少し、気がかりなこともあるようです。それもあって、このような…』

「左様でしたか。では、安心してお任せを」

穏やかに頷く晴明に、巫女はようやく安堵《あんど》した面持《おもも》ちを見せた。


水鏡を前にした物《もの》の怪《け》は、眉《まゆ》を寄せて口をへの字に曲げていた。

「おい騰蛇、俺の言伝《ことづて》はちゃんと天貴に渡してくれたんだろうな」

通りすがりの朱雀の確認《かくにん》に、首だけを動かして答える。

「そうか」

ひとつ頷いた朱雀がその場から去るのと入れ違いに、昌浩が顔を見せた。

「あれ、もっくんどうしたの？　なんだか難しい顔して…」

物の怪の前で膝《ひざ》を折り、目線を合わせて首を傾《かし》げる。

「そんな顔してると、ここにしわができて取れなくなっちゃうよ？」

物の怪の目が据《す》わった。

「そんなわけがあるか」

昌浩は悪びれずに笑う。

そんな昌浩に、お座りをした物の怪は片前足をあげて見せた。

「なぁ昌浩、つかぬ事を訊《き》くが」

「ん？　なに？」

「たとえばだ。神様が唐突に、ものすごーく脈絡《みゃくらく》も突拍子《とっぴょうし》もないことを言ってきたとする」

「ふんふん」

物の怪の前に胡坐《あぐら》を掻《か》いて、昌浩は拝聴《はいちょう》の姿勢だ。

「で、それがものすごく理不尽《りふじん》なわけよ。お前だったらどうするよ？」

「え、俺？」

自分を指差す昌浩に夕焼けの瞳《ひとみ》が応じる。

昌浩は腕《うで》を組んでうーんと唸った。

「……唐突で脈絡なくて突拍子もなくて理不尽なんだよねぇ…？」

ひとしきり唸っていた昌浩は、渋柿《しぶがき》でも食べたような顔をしながら答えた。

「そうだなぁ…。いくら相手が理不尽でも、神様は祟《たた》るからなぁ」

「ほうほう」

「不用意なことを言ったりやったりするのは、気持ちはわかるんだけどやっぱりだめだと思うなぁ、俺」

「ほうほう」

半眼の物の怪が合いの手を入れる。

「だいたい神様ってさ、いつも理不尽で突拍子もなくて脈絡がないから神様なんだしねぇ。そこに目くじらを立てるのもどうかなぁ…。……もっくん、なんか変な顔してるけど、なに？」

半眼の目を何度もしばたたかせて、物の怪は白い尻尾《しっぽ》をぴしりと振《ふ》った。

「……いや、ちょっとな…」

何やら遠い目をする物の怪を怪訝《けげん》そうに眺《なが》めていた昌浩だったが、用事を思い出して席を立った。

――おそらく、昌浩だったらこうだと思うんだが…

一連のあらましを語った後でそう前置きした勾陣が、昌浩が言うであろう言葉を予測した。

それを、何も知らない昌浩が一言一句違《たが》わずに再現する様を目《ま》の当たりにした物の怪は、彼女の鋭《するど》い洞察《どうさつ》力にいまさらながら舌を巻いたのだった。

あとがき

少年陰陽師第二十巻「思いやれども行くかたもなし」をお届けです。

陰陽師もついに二十一冊目。


お久しぶりですこんにちは。皆様《みなさま》いかがお過ごしでしょうか、結城光流でございます。

章と章の合間の短編集も恒例《こうれい》になってきました。次の短編集は、四、五冊あとになるのでしょうか。もっと早いかもしれませんし、もっと遅《おそ》いかもしれませんね。

さて、いつものあれを。

一位、安倍昌浩。

二位、十二神将火将騰蛇。最強にして最凶《さいきょう》。

三位、十二神将土将勾陣。最強に次ぐ紅一点。

以下、六合、物の怪のもっくん、玄武、真鉄、結城、風音、太裳、青龍、あさぎさん、晴明、比古、もゆら、太陰、一つ鬼、鶴君、越影、朱レンジャー。

今回は紅蓮ともっくんの間に勾陣と六合が追い上げてきました。昌浩は相変わらずのぶっちぎり。もっくんに連戦連敗だったのが遠い昔のようです。このまま いけ主人公。最後の最後で真鉄が順位を上げました。結城やあさぎさんにも投票をありがとうございます。

朱レンジャー、誰《だれ》だかわからなくなっているのは絶対に朱レンジャーだとのことですが、真実はいかに。朱レンジャーについてもっと造詣《ぞうけい》を深めたい方は、絶賛配信中の孫ラジおよび発売中の孫ラジCDをお勧《すす》めします。

今回はページ数が少ないのでさくさく進めましょう。

「百鬼夜行《ひゃっきやぎょう》の蠢《うごめ》く場所は」

この話のテーマは、昌浩と敏次、行成と成親のコンビです。雑誌掲載《けいさい》時には昌浩ととっしーのかっこいいフルカラーイラストが表紙を飾《かざ》っていました。成親と行成の付き合いは短編集二巻「其《そ》は〜」からですね。

「思いやれども行くかたもなし」

そろそろ変わった切り口をということで、十二神将を主役にした短編第一弾《だん》。

十二神将玄武、淡《あわ》い初恋《はつこい》物語。玄武と汐がどうなるのかは、まぁおいおいに。普段《ふだん》はあまり崩《くず》れることのない玄武の動揺《どうよう》や感情のうねりが書けて楽しかったです。

「疾《はや》きこと嵐の如く」

十二神将を主役にした短編第二弾、のはずが、抜擢《ばってき》したキャラのおかげで思惑《おもわく》とは違《ちが》う方向に行ってしまったような。嵐を呼ぶじゃじゃ馬娘《むすめ》ですが、根は心優《やさ》しい太陰ですので、こんなこともあるかなと。頑張《がんば》れ巽二郎。

「それはこの手の中に」

十二神将が（以下略）第三弾、のはずが、道反の守護妖《しゅごよう》が裏主役のようになってしまった。みんな個性が強い上に姫《ひめ》至上主義なので、旦那《だんな》はこの先もきっと大変。守護妖たちと六合のバトルは書いていてすごく楽しいです。

珍《めずら》しくしんみりした話も入り、短編集第三巻はバラエティ豊かになったのではないかと。

キャラランキングに参加される方は、「〇〇に一票」とわかりやすくお願いしますね。誰に票が入るのか、感想とともに楽しみになっています。これからも感想をお待ちしております。

さて次の少年陰陽師は、都に戻《もど》って新章スタート、のはず。ちょっくら取材旅行に。

また、次の本でお会いできますように。

結城光流

結城光流公式サイト「狭霧殿」http://www5e.biglobe.ne.jp/~sagiri/

《初出》
百鬼夜行の蠢く場所は　The Sneaker 2005年7月号増刊「The Beans VOL.5」
思いやれども行くかたもなし　The Sneaker 2006年2月号増刊「The Beans VOL.6」
疾きこと嵐の如く　The Sneaker 2006年8月号増刊「The Beans VOL.7」
それはこの手の中に　The Sneaker 2007年3月号増刊「The Beans VOL.8」

「少年陰陽師　思いやれども行くかたもなし」の感想をお寄せください。
おたよりのあて先
〒102-8078　東京都千代田区富士見2-13-3
角川書店ビーンズ文庫編集部気付
「結城光流」先生・「あさぎ桜」先生
また、編集部へのご意見ご希望は、同じ住所で「ビーンズ文庫編集部」
までお寄せください。

少年陰陽師《しょうねんおんみょうじ》
思《おも》いやれども行《い》くかたもなし
結城光流《ゆうきみつる》

角川ビーンズ文庫　BB16-26　14872

平成19年10月１日　初版発行

発行者――井上伸一郎
発行所――株式会社角川書店
東京都千代田区富士見2-13-3
電話/編集(03)3238-8506
〒102-8078
発売元――株式会社角川グループパブリッシング
東京都千代田区富士見2-13-3
電話/営業(03)3238-8521
〒102-8177
http://www.kadokawa.co.jp
印刷所――暁印刷　製本所――BBC
装幀者――micro fish

ISBN978-4-04-441628-7 C0193 定価はカバーに明記してあります。